# Comme une tortue sur le dos

François Pacôme

# Comme une tortue sur le dos

En application de l'art. L.137-2.-I. du code de la propriété intellectuelle, toute reproduction et/ou divulgation de parties de l'oeuvre dépassant le volume prévu par la loi est expressément interdite.

© François Pacôme , 2024

Édition : BoD · Books on Demand GmbH, In de Tarpen 42, 22848 Norderstedt (Allemagne)
Impression : Libri Plureos GmbH, Friedensallee 273, 22763 Hamburg (Allemagne)

ISBN : 978-2-3225-3878-2
Dépôt légal : Aout 2024

Loi n°49-956 du 16 juillet 1949 sur les publications destinées à la jeunesse, modifiée par la loi n°2011-525 du 17 mai 2011.

*Un jour on m'a filé la carte privilège de Chez Régine.
J'étais content, mais je n'y suis allé que deux fois,
les clubs c'est pas mon truc.*

*Et puis on m'a filé celle de Gustave Roussy.
Honnêtement... je préférais celle de Chez Régine.*

# AVANT PROPOS

François Pierre Pacôme.

Déjà que le nom de ma mère m'a souvent encombré, elle m'a fourgué un prénom à tiroir. Je l'ai vite raccourci, car être "le fils à la comique" était déjà suffisamment lourdingue à porter pour un môme.

— Pourquoi tu m'as donné un prénom composé m'man ?
— J'hésitais entre deux pères, j'étais pas sûre.

Je n'ai pas hérité des qualités de Maria, mais beaucoup de ses défauts, c'est comme ça. On était fâchés tous les deux lorsqu'elle est partie, mais je l'ai quand même portée à bout de bras pendant sa dernière année. Fâché, mais réglo. Elle m'avait laissé sa maison en héritage, trop abîmée, trop lourde à porter, trop chargée en souvenirs. Pourtant je vais mettre toute mon énergie à la retaper pour en faire la mienne. C'est dans son jardin que je me fracasse un beau jour d'août, des métastases compriment mon cerveau et me font perdre l'équilibre. Cinquante-huit ans c'est trop tôt pour se faire la malle. D'abord parce que j'ai une petite fille à accompagner dans la vie et une épouse toute récente qui n'est pas du tout d'accord pour être veuve au bout d'un an, ça ressemblerait à une arnaque. Il y en a une autre qui n'est pas d'accord c'est Maria, et son fantôme va se pointer pour quelques explications. Trop de médicaments psychotropes ? Pas assez de sommeil ? Ou simplement ma gamberge qui remue les souvenirs de notre vie dans cette maison. Être au pied du précipice incite à la réflexion, à l'analyse rapide, parfois au délire.

J'ai décidé que je ne voulais pas de ce truc, mais le truc a décidé de s'incruster encore un bon moment. C'est quand même pas Maria qui aurait provoqué ça pour qu'on se parle un peu ? Je ne pense pas, même si avec elle on peut s'attendre à tout, surtout à n'importe quoi.

1

## Septembre 2022, comme une tortue sur le dos

Je suis passé par la terrasse attenante à ma chambre pour traverser le jardin et rejoindre la cuisine quand mes mains se sont mises à trembler. C'était pas la première fois et je savais que c'était le signe que mes jambes n'allaient pas tarder à avoir du mal à me porter, mais là, elles se sont carrément dérobées, elles m'ont lâché.

Comme au ralenti, j'ai choisi un coin d'herbe ou je ne pouvais rencontrer aucun obstacle, surtout éviter le muret pas loin de ma tête et me laisser glisser. Glisser, c'est ça, je me suis senti glisser doucement jusqu'à me retrouver sur le dos sans pouvoir bouger, comme une tortue.

Lorsque j'y pense, je fais le parallèle avec le film « les choses de la vie », quand Michel Piccoli a un accident de voiture, plus précisément, après l'accident. Il est couché dans l'herbe, conscient mais en état de choc, il regarde le ciel, se sent étrangement bien ; il voudrait surtout qu'on ne vienne pas le voir ni le bouger, il voudrait juste se reposer un peu.

Je ressentais exactement ça, le jardin était beau, l'herbe douce, je regardais le ciel, je ne voulais pas que Myriam me voie, je ne voulais pas qu'elle s'affole, qu'elle veuille encore m'emmener quelque part dans un autre hôpital, une autre clinique, je ne voulais pas qu'elle vienne, je ne voulais aller nulle part, j'étais bien là, il fallait simplement que je me repose un peu.

*Il y a longtemps que je n'ai pas regardé les nuages en délirant sur leurs formes, à quoi il ressemble celui-là ? À rien du tout. C'est simplement un cumulus qui déplace son gros cul... gros cul... mulus. Jusqu'où je vois le ciel ? C'est quoi sa limite ? C'est quoi exactement l'azur ? Je suis allé chercher le ciel de la Côte d'Azur, mais pourquoi ? Pour chercher quoi ?*

2

## Octobre 2007, pourquoi Nice ?

J'ai fait plusieurs métiers dans la vie. J'ai été graphiste dans une agence de publicité, puis comédien. J'ai bien fait d'autres petits trucs pour dépanner ou me faire un peu de fric comme assistant-décorateur au club méditerranée, manutentionnaire dans une maison d'édition, éclairagiste de spectacles, coursier à moto, réceptionniste dans une bijouterie, mais mes deux vraies formations, celles qui m'ont demandé un parcours d'apprentissage classique, sont le dessin et la comédie.

Concernant la comédie, j'ai débuté par le théâtre, puis j'ai tourné dans quelques téléfilms ou séries pas du tout mémorables avec des prestations pas plus édifiantes. J'avais deux problèmes, le premier était que j'ai longtemps fait beaucoup plus jeune que mon âge et le deuxième, ma dégaine de petit loubard à moto, donc forcément, les casting directors qui n'ont pas toujours une imagination débordante ne me proposaient que des personnages de teenager voyous, ou de teenager motard.

Plus tard j'ai pu incarner des voyous motards adultes. J'ai mis mes blousons de cuir au placard et travaillé mon image en gommant par exemple mon accent de titi parisien et ma démarche de cowboy pour obtenir d'autres rôles, comme celui d'avocat ou de père de famille responsable. Mais la frustration d'être tributaire de ma « gueule » fut tout à fait effacée lorsque je me suis frotté à la discipline de la synchronisation de films, c'est-à-dire au doublage de comédiens étrangers dans une version française.

C'était l'occasion formidable d'interpréter toute une palette de caractères, ma voix et mon jeu étant les seuls éléments pris en considération, je pouvais donc passer d'un jeune premier séduisant à un clochard bedonnant, puis d'un tueur à gages psychopathe à un policier héroïque, tous les rôles me devenaient accessibles, du drame réaliste à la comédie déjantée.

Une aventure qui dura une quinzaine d'années, m'assurant une satisfaction artistique et une régularité financière rare dans le monde de l'intermittence du spectacle. Mais voilà, la boîte qui était mon employeur principal s'est cassé la gueule et j'avais un mal fou à démarcher et convaincre les autres sociétés de m'embaucher. C'est là qu'a germé une idée comme on en évoque parfois lors de soirées trop arrosées avec des copains qui ânonnent n'importe quoi entre deux vodkas : monter une structure ensemble et partir se la couler douce au bord de la mer. Ce genre de décision prise avec un enthousiasme bruyant s'envole généralement dès le lendemain, avec un alka seltzer. Mais nous on s'est tapés dans les mains en se jurant : « celui qui se dégonfle n'est qu'un petit slip qui obtiendra notre mépris éternel ».

L'idée c'était de fuir le périphérique parisien, sa pollution et son stress, pour mettre nos capacités en commun et vivre heureux les pieds dans l'eau. Jusque là c'est bien mais c'est vague, et des vagues justement, ils n'en veulent pas trop, donc on oublie l'océan pour se concentrer sur la méditerranée. Moi je dis oui à tout, mais on y ferait quoi ? Une agence de communication et de graphisme ? Ouais... c'est bien ça, il faut juste que je m'y remette et que j'appréhende les logiciels de publication et de dessin assistés par ordinateur. On est deux à avoir des engagements à Paris, Caroline, la future mère de ma fille et moi, on charge le troisième de prospecter dans le sud, une petite société qu'on pourrait racheter. La boîte trouvée est à Nice. Nice, pourquoi pas, c'est au bord de la mer, l'arrière-pays est beau et en plus c'est une ville assez grande pour les PMI, PME qui seront nos futurs clients, bonne pioche qu'on se dit. On y est, on y travaille, mais c'est un peu après la crise de 2008 qui continue à faire grise mine et on rame sévère. Les rapports avec la clientèle se passent généralement en trois temps : on ne se connaît pas, le contact est courtois, le vouvoiement de rigueur.

Au deuxième rendez-vous, on se tutoie. Au troisième on se claque la bise. Puis je cours après eux en les insultant pour qu'il me paie tandis qu'ils me menacent de porter plainte pour harcèlement... le charme du sud. Entre-temps le troisième larron s'est fait la malle, après la mer il a imaginé que son bonheur serait à la montagne. Alors on bosse, on bosse pour essayer de faire du chiffre, on ramène du travail à la maison, comme si avoir un enfant en bas âge qui ne veut jamais dormir n'était pas suffisant. Je viens d'être père, et comme pour le reste des choses, j'avais beaucoup idéalisé le concept et minimisé le travail. À un moment, un nouveau client se pointe avec un projet un peu excitant. Il a acheté une belle surface et veut en faire un « Diner Americain » type année 50. Il nous confie toute la façade à recouvrir en trompe l'œil, toute la déco intérieure, les différentes impressions publicitaires, le site internet à créer et ses *Newsletters* qui seront mes premiers rédactionnels.

Projet ambitieux, créatif et lucratif. Et son restaurant va marcher du feu de dieu, donc l'idée était là : un restaurant à thème. C'est décidé, on va plaquer la boîte qui ne nous nourrit pas et créer le nôtre. Le fait que je ne sache pas cuire un œuf, que je n'aie jamais managé une équipe et que je ne me sois jamais frotté à la gestion d'un restaurant devrait être largement compensé par ma bonne volonté et mon sens de l'improvisation. Le propriétaire du « Diner Americain » qui n'en est pas à son premier restau va m'aider, me conseiller, et me refourguer son frangin aux cuisines. Son frangin, c'est un gros pourceau dont il ne veut plus dans son établissement tellement il est sale, fainéant et débile… détails importants, mais que je que je ne réaliserai qu'après l'avoir engagé.

Je vire le goret et j'engage un jeune chef, créatif et motivé, mais l'emplacement du restaurant est très mauvais, il est situé près de la gare, ce que je pensais être une bonne idée, mais c'est la goutte d'or, le château rouge de Nice. Parfois j'attends le client en vain, à d'autres moments la salle se remplit, le premier étage aussi, puis la terrasse, je suis seul au service et débordé, les gens attendent et sont mécontents. Le lendemain j'engage des extras pour me filer un coup de main et les tables sont vides. Sans réservations régulières, impossible d'estimer les quantités à commander, à préparer, le personnel à prévoir. Les distractions sont rares mais joyeuses. Parfois en fin de soirée un client beurré comme un *petit Lu* décide qu'il ne va pas payer, ça arrive. Alors mon chef cuistot qui est aussi délicat aux fourneaux que teigne dans le civil, va chercher son copain barbier de 150 kg au coin de la rue, on ferme la porte à clef et on promet une sévère mais discrète raclée au plaisantin s'il n'allonge pas immédiatement les biftons avec un extra pour le dérangement. Ça contribue à asseoir ma bonne réputation, mais pas à remplir la caisse.

Mes parents décident de venir me voir à la veille d'un réveillon de Noël, je vais les chercher pour les déposer devant la terrasse, ils commençaient à douter que je puisse faire quoique ce soit de concret ici, et sont venus vérifier que je n'étais pas devenu un vendeur de came. C'est une soirée magique, un souffle de respiration dans ma galère : la salle est raisonnablement remplie, mes parents sont ravis de leurs assiettes, quelques clients reconnaissent ma mère et la saluent poliment, échangent quelques mots avec elle :

— C'est à mon fils ce restaurant, c'est bon hein ? Et puis qu'est-ce que c'est joli.
Les gens approuvent, me complimentent. Je pense subitement avoir fait tout ça pour ça. Pour sentir mes parents un peu fiers. Pour qu'ils ne me voient pas simplement comme un perroquet qui récite du texte mais comme quelqu'un qui sait faire d'autres choses, qui est capable de se réinventer, capable d'entreprendre et de réussir. C'était mon cadeau de Noël, ma parenthèse enchantée. Encore une année à traîner la patte, à tenter l'impossible pour le faire subsister, mais le restaurant ferme ses portes. Je brade le matériel de cuisine pour éponger une infime partie de mes dettes et j'appelle Maria, la mort dans l'âme.

— M'man, ce coup-là j'ai tout perdu, j'ai plus rien, on peut venir avec Caroline et Lilas à Ballainvilliers ? Quelques mois, le temps qu'on se retourne.
Elle a dit oui bien sûr.
Mais elle nous a reproché de l'envahir dès notre arrivée. Ça a chauffé très vite malgré des efforts surhumains de diplomatie pour essayer de tempérer la matriarche qui, après nous avoir reproché notre exil, a fustigé notre retour. J'ai tout fait pour calmer les esprits des deux gonzesses aux caractères bien trempés, Lilas étant un peu petite pour la ramener, mais après une dispute de trop et quelques pommes du jardin balancées de la part de Maria à la tête Caroline, ma fille et sa mère retournent à Nice. Je leur dis que j'essaie de me refaire la cerise sur le plan professionnel à Paris, que je n'ai plus aucune autre alternative et que je viendrai les voir tous les mois. Elles m'en veulent de ne pas les suivre, de ne pas étrangler Maria, de ne plus être une solution, de ne plus avoir aucune carte à jouer. Les pommes du jardin et mon semblant de famille reparti à l'autre bout de la France me sont restés en travers. Les séparations sont actées entre tout le monde, et je ne suis plus le bienvenu nulle part. J'ai voulu voir la mer ? Ben me voilà coincé avec la mienne.

*Je ferme les yeux, j'entends le bruit des voitures qui passent, celui des motos, quand j'étais ado je reconnaissais le chant de chacune des mobs de mes copains… celle d'Éric, et puis là c'est Gégène qui passe avec son pot d'échappement pourri, et au loin c'est… c'est Christophe qui tourne au coin de la rue et qui va s'arrêter au tabac pour faire un baby-foot. J'en ai eu des bécanes, des vieilles, des moches, et puis de sacrées belles aussi. Moins de voitures, mais j'aimais beaucoup la BMW que j'avais rachetée à Maria. C'est tout ce qu'il me restait quand je suis rentré, la voiture, ma belle voiture.*

# 3

# Octobre 2015. Paris

Il ne reste de ma gloire passée que mon vieux cabriolet BMW, car j'ai tout vendu, mon mobilier, ma chère Harley-Davidson et jusqu'à ma montre Breitling pour remplir le réfrigérateur et alimenter les projets foireux. Je viens de « fêter », fêter étant le terme le moins approprié, mes cinquante piges, revenues du sud pour atterrir chez ma mère à qui j'ai demandé un refuge transitoire après avoir quitté le nid à dix-neuf ans. La situation à la maison entre elle et moi ressemble à un Vietnam version « Apocalypse now » et je n'ai qu'une envie : sortir et retrouver mes vieilles amitiés parisiennes, amitiés m'ayant tellement manquées à Nice. En huit ans là-bas, j'ai dû sympathiser avec deux couples, pas plus, et je n'ai vu la mer que de loin, moi qui pensais barboter du soir au matin.

Ce soir j'ai rendez-vous avec Richard. Richard est un vieux copain, pas vraiment un ami, mais un pote de presque trente ans. Nous nous sommes rencontrés pour la première fois à un feu rouge, chacun sur sa moto, avec un peu les mêmes dégaines : Perfecto et santiags. C'était l'époque où croiser un motard dans Paris n'était pas systématique et où les seuls scooters étaient des livreurs en Vespa. On est vite allés boire un verre en terrasse pour fêter ça. Ce que j'appelle « ça », c'était notre amour commun pour les grosses bécanes noires et le look piqué à notre idole commune elle aussi : le chanteur Renaud. Pendant toutes ces années nous nous sommes vus de manière sporadique, au hasard des sorties, et puis plus souvent lorsqu'il faisait le physio à la « locomotive »,la boîte à côté du Moulin Rouge. J'ai plusieurs fois habité dans le coin de Pigalle, j'allais le saluer à la porte de la Loco et immanquablement il me faisait rentrer et me faisait jurer de l'attendre pour la fin de son service afin qu'on « sorte pour de vrai ». Nos sorties étaient-elles aussi immanquablement les mêmes : le tour des autres boîtes de nuit dans sa Mercedes de gitan.

Richard était le bienvenu dans tous les lieux festifs de Paris ou sa gouaille et son attitude chaleureusement théâtrale lui avaient ouvert toutes les portes, il allait partout et ne payait nulle part, de l'endroit le plus glauque au plus sélect il était reçu comme un prince et il me présentait à chaque fois : « tu vois ce charmant garçon, c'est mon ami François, n'oublie pas sa gueule et fais le rentrer dès qu'il se pointe ». Il m'emmenait aussi dans les bars à hôtesse qui étaient toutes ses copines, « perd pas ton temps avec mon pote, il a pas un rond » leur disait il, ce qui nous permettait de discuter décontractés avec les semi-mondaines, sans arrière-pensée pour me plumer de leur côté.

Je retrouve mon Richard avec la même dégaine qu'il y a huit ans, quand je suis parti, la même que lorsque nous nous sommes rencontrés la première fois d'ailleurs, en un peu plus amoché quand même. Plus de bide, moins de tifs, l'œil abîmé par la tisane, et sa grande carcasse de lion increvable un peu voûtée, usée par la vie la nuit. Richard s'est fait déposer par sa petite amie du moment, Nadia. Il n'est pas du genre à se faire conduire d'habitude, encore moins dans une Fiat 500 très peu adaptée à son gabarit, mais il n'a plus de permis, la multirécidive de la picole en voiture a eu raison de ses points, et un Richard en métro ça n'existe pas. Pas de dîner à trois, Nadia file rejoindre frère et sœur. Mon pote est fidèle à lui-même, parle fort et embrasse avec fougue.

Sa chaleur me fait du bien, même si elle est superficielle et qu'il la distribue à tout le monde, c'est un baume sur les incessants coups de pied au cul de ces dernières années. Ça me fait du bien ce dîner, même si je n'ai pas un rond et que je sais qu'il va se démerder pour me laisser payer, je le fais avec plaisir, je me détends comme il y a longtemps. On parle de nos aventures de boulot, de nos mouflettes, lui aussi a une petite fille, il me dit à quel point il est un père attentif et présent, ce que je devine totalement faux. Je lui dis que je suis un père attentif et présent, ce qui est à moitié vrai.

Et puis on passe aux confidences d'amochés : lorsque je suis revenu il y a quelques mois on m'a viré une saloperie dont je n'avais pas eu le temps de m'occuper, un grain de beauté sur l'épaule qui avait tourné vilain et devenu un mélanome. Deux opérations, suppression de la chaîne ganglionnaire du bras, les toubibs m'avaient mis en garde : plus de plongée, plus de sauna, de hammam, les voyages aériens trop longs sont à oublier et on ne cogne pas le bras, on ne lui fait pas faire d'effort.

Rien que ça ? Franchement, j'ai beaucoup voyagé, les long-courriers ne me manqueront pas, je déteste les saunas et les hammams, mais la plongée et aucun effort avec mon bras... c'est quoi cette merde ? Et comment je vais tenir mes motos ? (car je n'en ai plus, mais ma survie c'est d'en retrouver une, et vite). Donc après ma convalescence, j'ai fait des pompes pour remuscler tout ça et réactiver la chaîne ganglionnaire. De dix timides, je suis passé à deux cents chaque matin et suis allé m'en vanter lors de mon retour à l'hôpital.

*N.B : j'irai délibérément à moto à tous les rendez-vous de suivis médicaux qui suivront pendant cinq ans, affichant une forme et une bonne humeur insolente, comme quelqu'un qui n'est pas malade, qui ne l'a jamais été et qui ne le sera pas.*

4

# Le cancer? Je ne l'aurai jamais: je suis contre!

Vieille blague de potaches dont le souvenir a un goût amer, mais qui me fait sourire quand même. Richard me confie ses déboires, une saloperie de la même famille le tracasse, mais lui, c'est au niveau des roubignoles. Mais c'est derrière lui m'assure-t-il, des contrôles réguliers, pas plus. Forcément je le vanne, un cancer des couilles ça fait pas sérieux, et puis je lui rappelle l'adage : « qui a vécu par l'épée mourra par l'épée »... Ça nous fait beaucoup marrer parce que plus cavaleur que mon copain c'est difficile, une telle énergie dans l'exercice de la bête à deux dos, c'est admirable, mais le concernant j'irai jusqu'à affirmer que c'est pathologique.

Fin du repas, digestif (au singulier ou au pluriel le digestif? Je ne sais plus, en tout cas on était de très bonne humeur), Richard appelle sa brune pour qu'elle vienne le chercher. Là, j'entends la conversation, et si la Nadia de Richard est prête à venir faire le taxi pour son prince, sa frangine que je perçois derrière est beaucoup moins d'accord : « Quoi ? Non mais tu ne vas quand même pas accourir pour aller le chercher dès qu'il te siffle ? On a même pas fini le dessert, dis lui de se faire raccompagner par son pote là... » Son « pote là », c'était moi. La frangine vociférante, c'était Myriam. Richard qui ne se démonte jamais me propose : viens, on va retrouver Nadia chez son frère, on prendra le café là-bas. C'est là-bas justement que je rencontre la frangine, la Myriam, ma louve. Une squaw, aux yeux brillants derrière ses cheveux bruns, un sourire aux dents de perles sous un nez si joli que j'ai eu l'impudence de le croire refait. Nous fumions à l'époque, quelle merveilleuse idée. Une cigarette partagée sur le balcon nous a rapprochés.

Le lendemain j'appelle mon pote, on parle de tout de rien, j'en viens à Myriam... Il beugle en riant : Myriam ? T'as pas une chance mon copain !! Oublie, c'est une intouchable, ils ont été un paquet à courir après, ils l'ont jamais attrapé, c'est une sauvage, les mecs elle les balade. J'ai su plus tard que Myriam s'était informée discrètement sur mon compte auprès du même Richard : François ? Oublie ça tout de suite, c'est un queutard !! Après avoir été si délicatement présentés et vendus par notre ami commun, nous nous sommes revus, puis plus jamais quittés. Richard est mort deux ans après, emporté par les couilles.

*C'est Myriam qui m'appelle ? Et merde, elle me cherche tout le temps, elle a toujours peur que je me pète la gueule, je me suis pas pété la gueule j'me repose. Reste où tu es ma louve, ne viens pas sinon tu vas flipper, tout va bien je te jure, regarde si je veux je me lève, trop fastoche... Ha bah non, j'peux pas. T'inquiète ma toute belle, t'inquiète ma louve, je vais venir...*

5

## Myriam, ma louve

Lorsque je faisais mon service militaire, pour certaines missions, on nous désignait un binôme. Ce binôme veillait sur vous de la même manière que vous veilliez sur lui, la sécurité de l'un dépendait de l'autre et la confiance entre les deux se devait d'être sans faille. À l'armée on ne choisit pas toujours son binôme, et bien que votre vie dépende de lui, on peut avoir affaire à un crétin décérébré avec qui on a rien d'autre à partager que cette connerie de mission. Mais j'ai cette femme près de moi qui est un vrai commando, et que j'ai choisie pour sa tête bien faite et pour tout le reste qui est très bien fait aussi.

Cette guerrière s'est imposé sa propre mission : me sauver la peau, et parfois malgré moi. Pourtant je ne la présenterai pas comme mon binôme, parce que le mot ne sonne pas assez joliment à mon oreille et que notre relation est bien plus que jolie. Elle est mon amie, ma maîtresse, mon amoureuse et depuis un an, ma femme. Elle est ma partenaire. J'aime mieux ce mot, car il me rappelle le théâtre d'où je viens. Au théâtre on a un partenaire. Au théâtre, on joue avec son partenaire. Et nous jouons ensemble depuis notre rencontre, nous jouons dans le meilleur sens du terme, nous jouons à nous rendre la vie plus belle, nous jouons à retrouver notre enfance, notre adolescence, nous jouons à nous étourdir de musique et parfois d'alcool, car si nous détestons êtres saouls, nous adorons l'ivresse, et l'ivresse ensemble c'est vraiment bien (ma pudeur m'interdit plus que « vraiment bien » et c'est vraiment dommage).

La force morale de Myriam et son endurance physique ne cessent de me bluffer, son parcours pas toujours facile, son indépendance forcenée et sa volonté de fer me rendent admiratif. Son enfance très dure sur laquelle elle ne s'attendrit jamais me fait fondre et me donne envie de lui faire rattraper le temps perdu, de lui faire s'autoriser une légèreté inconnue. Et puis elle est tellement jolie. Comme la plupart des gens intelligents, son jugement sur son physique est sévère, mais elle ne s'y attarde pas, il lui convient, il répond à ses attentes, à ses besoins, point. Elle sait qu'elle plaît, mais n'en joue jamais. Elle est coquette, mais avant tout pour elle.

Nous nous sommes mariés au moment où la plupart des couples se séparent : au bout de sept ans. Nous l'avions tous les deux été une fois avant, et avions juré de ne plus jamais recommencer, d'habitude on tient nos promesses, mais pas là, et on a bien fait. Nous tenons en horreur les déclarations mièvres et la sensiblerie, pourtant nous considérons que ce deuxième mariage ensemble fût certainement le plus beau jour de nos existences, et ne cessons de nous dire des mots d'amour et plus encore, de nous faire des preuves d'amour. On s'en étonne : c'est pas nous ça... on était pas comme ça avant, avec personne, on en éprouvait d'ailleurs ni besoin ni manque, l'idée de l'amour nous emmerdait presque, et puis ça nous est tombé sur le coin de la gueule, un truc violent et tellement doux en même temps.

*Me lever, j'ai bien compris, je ne peux pas. Mais mes bras, je les bouge, je bouge mes jambes aussi. Et puis je pense. Je pourrais même appeler*

*Myriam si je voulais, mais j'en ai pas envie. Ça va là, je vais bien. Là-bas, près du tilleul, j'ai enterré Étoile, le chat siamois que Maria aimait tant. Et au pied du laurier c'est Ramsès, mon chat à moi, mon copain, qui y est enterré. Si je claque là, comme un con dans le jardin, je ne pense pas qu'on va m'y laisser. C'est dommage, j'aime bien l'idée.*

6

## La faucheuse

Je n'ai pas souvent été confronté à la mort de proches avant celle de Richard. Pas de ma famille en tout cas, à l'exception de ma grand-mère maternelle. Ma mère ayant décidé qu'elle était la seule famille dont j'avais besoin, je n'ai jamais rencontré d'autres Pacôme, les cousins, les oncles et les tantes du côté de Biarritz. Maria s'était brouillée avec eux pour des raisons obscures qu'elle n'a jamais eu l'envie de m'expliquer.

Il y a eu tout de même une tante très importante dans mon enfance, une tata Tourangelle qui était venue passer une semaine de vacances avec sa cousine parisienne, et qui est restée vingt ans près d'elle. Elle fut pour Maria une copine de virées, une secrétaire particulière, une intendante, et la plus attentionnée, la plus tendre des nounous pour moi. C'est elle qui nous a élevés avec son fils Christophe qui est comme mon frère. Du côté de Sergio, mon père, c'était encore plus con, Maria l'avait laissé m'élever avec elle jusqu'à l'âge de quinze ans, tout en m'assurant qu'il n'était pas mon père. C'est pour ça que je l'ai toujours appelé Sergio et pas autrement. Situation ubuesque, absurde ou drôle, selon la manière dont on le raconte, et surtout selon les points de vue. Donc je n'avais jamais enterré d'autres familiers que ma grand-mère, mais des copains, malheureusement, c'est arrivé assez tôt.

J'ai grandi dans un petit village à dix-huit kilomètres de Paris, et lorsque j'étais tout môme ça ressemblait vraiment à la campagne. Des petites maisons en pierres meulières typiques du coin et beaucoup de fermes. Je me souviens aller chercher le lait frais avec des pots en aluminium que ma tante faisait bouillir pour le pasteuriser. Du lait, des œufs, des légumes ramenés de chez les parents de mes copains, le ramassage des patates dans les champs, voilà les flashs que j'ai de mon enfance à Ballainvilliers. Ça ressemble plus à une image d'Épinal Solognote des années cinquante, pourtant c'était la banlieue parisienne des années soixante-dix. Les petits merdeux dont je faisais partie étaient tous inscrits dans l'équipe de foot locale. Je pense avoir fait partie des « poussins » à peine un an, mes seules motivations ayant été la chouette tenue de footballeur et en particulier les chaussures à crampons qui faisaient un joyeux bordel quand on traversait le village, les gesticulations sur le terrain me semblant d'un ennui insondable et d'une inutile fatigue.

Mes prédispositions pour le foot étaient tellement inexistantes que je me suis même fait expliquer dernièrement quelques règles de base par Myriam, qui elle, aime beaucoup ça. Les petits merdeux vont grandir et se choper du poil au menton et à la quéquette, et les motivations footballistiques vont être remplacées par le cri des mobylettes et par les jupons des filles. Jusque-là, je faisais toujours partie du club, et bien plus que lorsqu'il s'agissait de ballon, car les deux roues motorisés et jolies plantes étaient, et sont restés en bonne place au panthéon de mes joies de vivre. Mais je voyais moins mes copains du village.

Après avoir fréquenté quelques écoles du coin, Maria m'avait inscrit dans différents établissements parisiens, espérant à chaque fois que l'un conviendrait mieux que l'autre à mon tempérament qui frisait l'allergie scolaire. Mais voilà, mon addiction aux moteurs à deux temps et aux rebondis sous les tee-shirts des filles ne laissant que trop peu de place aux autres matières, mon cursus de lycéen fût une escroquerie sur laquelle je jette un voile pudique. Je vivais donc avec elle à Paris et ne rejoignais la maison de Ballainvilliers que le week-end. Et en l'espace de quelques années, des années qui sont des siècles lorsqu'on a entre 12 et 17 ans, tout a énormément changé. Mes petits bouseux aux joues anciennement rosies par les cavalcades après le ballon n'affichaient plus du tout les mêmes mines. Les bricolages des mobs et les troussages de donzelles n'éveillaient plus d'intérêt à leurs yeux devenus vitreux. Je les trouvais parfois assis sur un muret, les bécanes posées pas loin, comme des piafs côte à côte, mais sans la légèreté des volatiles, non, ils étaient lourds et bétonnés dans leur mur.

Bien évidemment, en petit Parigot affranchi que j'étais devenu, j'ai mis ça sur le compte de l'herbe qui rend nigaud, mais je ne trouvais pas sur leurs visages fatigués, aux traits marqués, l'habituelle hilarité provoquée par le bon spliff du rasta, celui qui rend de bonne humeur. Non, c'était bien plus grave et bien plus triste. Mes amis, mes petits péquenots, étaient tombés dans l'héroïne. La plupart d'entre eux faisaient les marchés avec leurs parents à une époque où tout se négociait en argent liquide, ils en disposaient donc bien plus que la plupart des mômes de nos âges, et c'est là que l'immonde fée Carabosse, la saloperie dans son château dégueulasse, est venue faire main basse sur le pactole. Pour être plus terre à terre, les dealers de Longjumeau, ville voisine qui était une plaque tournante de l'héroïne dans les années 80, sont venus prendre le fric puis la jeunesse de mes petits gars. Ce fût une hécatombe.

Du haut de mes 18 piges, j'ai acté cette information : voilà donc la mort. Elle attrape n'importe qui et n'importe quand, il ne suffit pas d'avoir eu un long parcours. Il lui arrive de prendre son temps comme il lui arrive d'être fulgurante. Certains jouent avec elle, d'autres s'amusent à la frôler, les plus jeunes la méprisent, convaincus qu'elle ne peut rien contre eux. Et puis il y a ceux qui n'ont pas joué, qui en sont restés prudemment éloignés, qui n'ont rien demandé mais qu'elle est venue chercher quand même. Les plus vieux ont la sensation de l'inéluctable, ils savent, ils ont vu tous les autres tomber avant eux. Alors ils pétochent, les plus frileux se réfugient parfois dans une religion qui tient plus de la superstition que de la foi réelle. L'âge ne rapproche pas de la foi, il rapproche de la mort et de sa peur, et la plupart des religions étant fondées sur cette peur, c'est tout bénéf pour elles. Maria disait : je suis athée, c'est en moi, comme mon cholestérol. Elle avait le sens de la formule, et je prends celle-ci à mon compte. Voilà donc la mort ? Bien. Message reçu.

J'ai eu souvent les jetons à l'idée d'être malade, comme beaucoup de gens, mais je n'ai jamais eu peur de mourir, pas par inconscience, mais parce que la vie ne me semblait pas passionnante. Je me souviens avoir eu un grave accident de voiture, j'avais fait un aller-retour à Calais pour aller voir une ex-petite copine. Une mauvaise idée parmi tant d'autres, en tout cas j'en revenais convaincu que j'avais bien fait de ne pas persévérer avec elle, elle avait hérité d'un cul comme une cathédrale que je ne lui connaissais pas, et d'une gamine désagréable et moche qui aurait fait fuir tout beau père potentiel. C'est donc avec la conviction qu'il ne faut jamais regretter un amour, et que si la vie peut être naze tout seul, elle peut être bien pire à deux, que je trace à fond la caisse dans mon petit cabriolet sportif sous une pluie battante direction Paris. Les contrôles techniques ont l'avantage de vous mettre en garde des déficiences de votre voiture qui auraient pu vous échapper, et les mecs m'avaient prévenu : on vous fait un contrôle favorable, mais il faut changer vos pneus, ils sont presque lisses. Il est rare que j'oublie le nom d'un groupe de rock, celui de son chanteur, la date d'un concert mémorable ou la forme des seins d'une fille qui me plaisait vraiment. En revanche, un détail comme : change tes pneus ou tu vas aller dans le décor, peut complètement m'échapper. C'est ce détail, pas si méprisable, qui a fait que l'arrière de ma voiture a voulu passer devant son capot et qu'après avoir grimpé sur le rail de sécurité la voiture est partie pour faire trois ou quatre tonneaux. Je me rappelle avec netteté de mes pensées pendant que ça tournait : ha bon ? C'est maintenant que je meurs ? Ha ben ça… je ne m'y attendais pas. Et j'ai laissé faire.

Ça c'est arrêté de tourner et je me suis retrouvé à l'envers, accroché la tête en bas et retenu par ma ceinture de sécurité (faut la mettre hein, c'est vachement important). Les pompiers ont été sidérés que je sorte quasiment intact de quelque chose beaucoup plus proche d'une compression de César que d'un cabriolet sportif. À l'hôpital aussi ils étaient sciés, je n'avais rien en dehors d'une coupure à la tête provoquée par un des montants de la capote. En revanche ils m'avaient dit que j'allais avoir de sérieuses courbatures dues à l'évidente crispation générale de mon corps durant l'accident. Ben rien, aucune courbature. Ce qui s'est passé c'est qu'au premier tonneau j'ai tout lâché, le volant, ma volonté, tout, je me suis détendu en me disant : ha bon, c'est donc maintenant. Pas plus.

Je n'ai pas paniqué non plus lors de l'annonce de mon mélanome. D'abord, je n'avais jamais entendu parler de ce truc, et puis le mot cancer n'avait jamais été prononcé. À Paris après ma lamentable expédition Niçoise, j'avais pris le temps de m'occuper de ce truc moche sur mon épaule que j'avais laissé traîner trop longtemps. La dermatologue avait dit : ça ne me plaît pas, on enlève et on analyse. Je faisais des courses sans intérêt dans un Carrefour sans intérêt quand j'ai eu l'appel d'un chirurgien qui avait repris le dossier : monsieur Pacôme, on aime pas du tout ce qu'on a analysé, à partir de maintenant on va se faire un marathon. Vacherie de bordel de merde ! Ça suffit pas que je me sois fadé huit ans de galères sudistes, je ne peux pas me poser deux secondes sans qu'une saloperie me tombe dessus ? Un marathon ? Donc ça urge quoi. Une première opération, et puis je rentre à la maison. On me reconvoque. Tout roule maintenant ? J'étais persuadé de la réponse positive. Ben non justement, ça roule pas et il faut enlever la chaîne ganglionnaire.

— Ha ? Bon. Ben on fait ça quand alors ?
— C'est vous qui voyez, rentrez chez vous, décidez et rappelez-nous.
— Comment ça « je vois et je décide » ? Mais y a urgence ou pas ?
— Ha oui, il y a urgence.
— Alors je comprends pas, pourquoi attendre ? On prend rendez-vous maintenant.
— C'est vous qui voyez…

Ce n'est pas la seule fois ou je serai un peu scotché par le discours ou le manque de tact des toubibs, mais bon, dans l'ensemble ils ont assuré. En tout cas, me reviennent aussi mes réflexions en retournant à l'hôpital me faire enlever la fameuse chaîne. Alors, « oncologie », maintenant j'ai bien compris ce que c'était. Si on additionne « marathon » plus « oncologie » plus « monsieur Pacôme on y retourne », ça fait que ça pue un peu. Je fais quoi de ces informations ? J'en fais que si je jette un coup d'œil en arrière, puis en avant sur mes perspectives d'avenir, je suis pris d'une grande lassitude et ne pas me réveiller de l'anesthésie m'arrangerait drôlement parce que j'ai pas envie de me traîner leur « longue maladie » longtemps. Donc : même pas peur. Peut-être un peu par lâcheté, l'avenir me paraissant un Everest mais sans la passion de la montagne.

*La tête me tourne, je vois un peu flou. C'est dingue, moi qui ne suis jamais malade, juste une grippe de temps en temps. Même pas foutu d'avoir un carnet de santé à jour, je suis une force de la nature version poids plume alors… alors pourquoi je suis tellement fatigué ? Depuis quand exactement je me traîne comme ça ? C'est quoi sur ma main ? Une coccinelle, je vais faire un vœu.*

# 7

## Ballainvilliers, août 2022

Il y a pas mal de temps déjà, depuis plusieurs mois, que je ne me sentais pas en forme. Fatigué, voilà, j'étais de plus en plus souvent fatigué. Mes allers-retours à Paris pour aller enregistrer en studio m'épuisaient, j'avais laissé tomber mon rituel de gym du matin, et alors que j'étais d'habitude tellement actif dans ma grande maison ou il y a tant à faire depuis la mort de ma mère.

Mon ami Franco et sa fiancée Myriam étaient venus nous voir au printemps. Déjà c'est marrant, deux François dont un rital : le Franco, et deux Myriam, la sienne et la mienne. Ils sont aussi différents que complémentaires, lui musicien de talent, qui reprend du Led Zeppelin ou du Vivaldi sur son accordéon, perché et perpétuellement hilare, elle, une juge, avec tout le poids de sa fonction mais avec une douceur et une humanité quand elle parle de son job qui donne foi en la justice et en l'homme en général. Ils sont la folie et la raison, l'exubérance et la tempérance, un des couples les plus attachants et singuliers que je connaisse. L'année passée ils étaient déjà venus, car Franco voulait me parler d'un projet artistique. Il me parlait avec passion de son idée de comédie musicale dont le thème principal était celui du « passeur de son ». Le passeur de son était selon lui un personnage qui transcenderait les générations, les cultures et le temps pour réunir les êtres au moyen d'une fusion musicale… enfin ça, c'est ce que j'ai cru comprendre. Il avait une idée des personnages intervenants, comédiens, musiciens, avait échafaudé un semblant d'histoire, mais son enthousiasme à me décrire son délire était aussi excessif, que son propos était confus.

Comme Franco aime bien mes textes, il voulait que je me charge des dialogues, mais je ne comprenais rien à son concept. Nous avons mangé, nous avons bu, nous avons énormément ri, puis parlé parlé parlé, bu bu bu, finis dans la piscine à coup de shot de rhum pour nous éclairer les idées, ce qui n'était pas la meilleure idée justement. C'était une journée joyeuse et turbulente comme souvent quand nous nous retrouvons. Mais ça, c'était l'année dernière, cette année-ci fut très différente. Nous avions prévu un bon repas à l'extérieur, et nous étions promis d'être raisonnables sur la picole, son projet étant déjà suffisamment complexe, il nous fallait de la joie, mais aussi toutes nos facultés cognitives. D'habitude je piaffe d'impatience quand je reçois mes potes, mais là je me sentais crevé et pensais : pourvu que ça ne se finisse pas trop tard. Éteint. J'étais complètement éteint toute la journée, ne touchant à peine à l'immense bouteille de rosé *Minuty* que nos amis nous avaient apporté.

Mes idées étaient confuses, mon envie de parler et d'échanger se limitait à un effort de politesse. Je les ai senti déçus, j'ai senti ma Myriam désorientée, ne me connaissant pas sous ce jour maussade, pourtant je n'y pouvais rien et ne pouvais pas lutter, peut-être était-ce cette satanée mélancolie qui me rattrapait, c'était sûrement ça, cette gamberge cafardeuse qui me coupait parfois les pattes. Pourtant, depuis ma rencontre avec elle je la croyais belle et bien envolée cette humeur de merde qui pouvait me rendre sombre et asocial. Puis il y eut une autre visite, mon vieux Fred qui vit en Limousin, et pour qui venir me voir est une aventure risquée tellement sa vieille bagnole menace le K.O technique à chaque kilomètre.

Fred vient quand il le peut, quand il a trois ronds devant lui pour gaver de diesel son antique auto, voir sa très vieille grand-mère, et son copain un peu moins vieux. Ce qui signifie quand même qu'il m'a catalogué avec les grabataires à visiter. Et bien ce soir-là, je n'ai pas pu participer aux papotages autour du verre de rhum traditionnel. J'ai laissé mes amis en plan pour m'effondrer dans mon lit. C'est là que Myriam a réalisé : pas de papotage, abandon devant la proposition d'un rhum….Mon bonhomme ne va pas bien du tout (je carbure normalement à l'alcool joyeux comme la caisse de mon pote au diesel : de manière éhontée).

Et puis de fatigue en fatigue, même les sorties en concerts devenaient pénibles. Pourtant les concerts c'est vraiment notre truc à la louve et moi, on s'en ai fait sacrément beaux depuis notre mariage. Le voyage de noces c'était pas notre kiff alors avec l'enveloppe de cadeau on a programmé tous les concerts parisiens qui nous tentaient, une programmation sur un peu plus d'une année. Le dernier avant que je m'écroule, c'était le mythique Joe Jackson. Joe Jackson, il faut en parler un peu : les amours qu'on avait à quinze piges, faudrait pas les retrouver près de 42 ans plus tard. Si demain on me ramène ma vieille mob ou un de mes premiers flirts, je ne suis pas sûr de retrouver l'enthousiasme de l'époque. SAUF… quand on parle de bonne musique, celle qui traverse les décennies les doigts dans le pif. Donc ce soir-là, c'était monsieur Joe Jackson à la salle Pleyel.

Nous ne parlons évidemment pas du père Fouettard de Bambi dont tout le monde se fout. On parle de Joe Jackson tour à tour punk de « l'm the man », crooner de « night and day », qui passe du rock au jazz à la world music ou la bonne pop anglaise, celui-là a été à la hauteur de tous nos souvenirs, toutes nos attentes. Entouré de musiciens au top, dont son fidèle bassiste Graham Maby, Joe avait troqué sa tête de Tintin vicelard pour celle de vieille mémé liftée de frais, mais on s'en cogne, il était toujours génial. J'ai été con d'attendre si longtemps avant d'aller le voir, mais j'ai eu raison de persévérer dans mon affection. En tout cas, on était drôlement heureux de cette soirée, même si contrairement à notre habitude, je n'ai pas voulu qu'on traîne pour boire un verre en terrasse et débriefer notre concert, j'étais épuisé et je ne pensais qu'à me coucher.

Je vivote comme ça, patraque, tout le printemps, de maux de têtes en maux de cœur, attendant la fin juillet pour que la louve, ma Myriam, vienne me rejoindre pour trois semaines de vacances dans ma maison. Elle et moi ne vivons pas ensemble, on a beau être mariés, on a choisi de garder notre indépendance pour nous retrouver quand on veut, sans contraintes comme des amants éternels. La fin juillet arrive donc, et j'ai écourté une séance d'enregistrement en studio. La séance devait durer trois heures, au bout de deux heures je me sens malade, vais vomir, m'excuse platement auprès de l'ingénieur du son et rentre chez moi. J'appelle la louve, « je ne pourrais pas venir te chercher ce soir, je ne suis pas bien, je viens demain ».

Le lendemain, je vomis au réveil, juste après mon café qui passe de moins en moins bien depuis quelque temps. Tant pis, douche, parfum, je me fais impec pour aller chercher ma belle, j'y vais en voiture, pas assez en forme pour la moto et elle a sûrement une valise de fringue d'été avec elle. Au top, souriante comme toujours, je lui fais part de ma forme moyenne moyenne, on traverse Paris, on prend l'autoroute jusqu'à ce que je me rabatte en catastrophe sur la bande d'arrêt d'urgence pour aller gerber au-dessus du rail de sécurité. Suite à cet incident, et à d'autres du même genre, Myriam me fera cette réflexion inoubliable de tendresse : tu restes élégant, même quand tu vomis.

*C'est cette petite saloperie de mélanome alors ? Ce machin que j'ai méprisé, ce truc que j'ai considéré comme un « mini cancer », une connerie oubliée avec une opération et un peu de suivi, c'est cette merde-là qui s'est installée comme un alien ? Insidieusement, qui voudrait me pourrir mon été et peut être plus si affinité ? Tu vas bien aller te faire foutre oui, je vais me relever, peut-être pas là tout de suite, mais je vais me relever. Je regarde encore un peu le ciel et je me relève, je me relève quand je veux.*

8

# On pense à tout sauf…

Le mélanome c'est loin, c'était il y a sept ans. Je me suis retapé, remusclé, j'ai retravaillé, j'ai rencontré ma louve et grâce à elle j'ai des tas de raisons d'oublier ma « lassitude d'exister ». Pourtant il y a eu des coups durs, la perte de mes deux parents à neuf mois d'intervalles, tous deux emportés par des cancers, mais à 95 et 86 ans faut bien mourir d'un truc. Lilas était venue vivre avec moi, fourguée en urgence par sa mère la veille de la rentrée scolaire, et reprise deux ans après avec la même brutalité, quasiment sans explication ni négociation.

On s'est farci deux confinements franchement agréables ensemble à Ballainvilliers, mais aussi le programme de l'école qui nous a fait chialer l'un et l'autre. Pourtant on a tout rendu, chaque devoir, on a été héroïques, les décimales avec leur leur cortège de virgules et de chiffres ont bien failli nous faire tout abandonner mais bordel de merde, on a tenu.Mais voilà, ma petite Lilas est venue, puis elle est repartie. Alors je retape la maison, elle a drôlement besoin de soins si je veux la vendre. Après avoir changé un carreau, un deuxième, repeint une pièce, une deuxième, avoir pris du recul, évalué le travail fait, évalué le travail à faire, j'ai confié le reste à un entrepreneur, faut pas déconner. Et elle est redevenue tellement belle que j'ai décidé de la garder.

Aujourd'hui ce n'est plus la maison de Maria, de « Ballain », c'est MA maison. Qu'est-ce qui fait, alors que mon amoureuse m'a rejoint en ce début du mois d'août, qu'à priori tout baigne, qu'est-ce qui fait que je sois si mal foutu ? Myriam suppose un Covid long, j'en ai les symptômes, il y a un moment qu'elle s'inquiète de ma méforme, c'est pas moi ça. Évidemment mon médecin traitant est en vacances, j'arrive à avoir un rendez-vous avec son remplaçant qui nous conseille de faire des analyses sanguines et de voir un immunologue, mais en chopper un avant septembre, c'est mission impossible. Moi j'aurais bien aimé une ordonnance pour deux comprimés et qu'on me lâche la grappe, mais Myriam ne l'entend pas de cette oreille et arrive à me dégotter un rencard avec un immunologue à Palaiseau dans une semaine. C'est pas loin, je ne couine pas trop. L'immunologue me fait faire un scanner et détecte « quelque chose » près du poumon droit, il m'envoie voir un pneumologue.

— Holala, ça me gonfle tout ça, et puis j'ai une séance d'enregistrement en studio prévue demain.
— Demain ? Mais enfin tu n'arrêtes pas de vomir, tu tiens à peine debout, pas question que tu conduises.
— Je ne peux pas annuler à la dernière minute, rien à faire, je te propose un compromis, je laisse la moto, on y va tous les deux en voiture, je conduis et si je ne me sens pas bien je te passe le volant.

Il faisait beau le lendemain, je me sentais relativement bien, il faisait quand même un peu trop chaud à mon goût, on prend la voiture, on a pas le temps de sortir du village que je m'arrête en catastrophe, sors de la voiture et me vide d'un « vomito élégant » selon ma femme, qui décidément m'aime beaucoup. On voit le pneumologue qui décide de faire une IRM pour voir s'il n'y a pas quelque chose ailleurs, au cas où.

Il va justement trouver ce quelque chose près du cerveau et on m'envoie vers un oncologue. Entre le « quelque chose ailleurs », « quelque chose près du cerveau » et un rendez-vous avec un oncologue, Myriam commence à serrer très fort les fesses qu'elle avait pourtant déjà très musclées. De mon côté je ne suis soucieux de rien, je n'ai rien capté des mots qui auraient pu m'alerter, j'ai juste été agacé d'entendre à chaque fois la même réflexion à la fin de chaque rendez-vous : « bonne chance pour la suite ».

Je sors de là en continuant à vomir et avoir la tête dans un étau, le Doliprane et les anti-vomitifs n'ont aucun effet. Myriam fait jouer ses contacts. L'un d'eux, à la simple description des symptômes prend sur lui de me faire une ordonnance de cortisone et d'antibiotiques et il a vu juste, les maux de tête se calment, j'arrête de vomir. Puis il nous dirige vers un de ses amis, professeur radiologue, qui après avoir pris connaissance de mon dossier et fait quelques examens m'envoie directement à Gustave Roussy. J'en peux plus de ces allers-retours chez les spécialistes mais alors là pour le coup Roussy ça me parle, et drôlement même : « Roussy ça sent le roussi », terminus des prétentieux. C'est là qu'il m'ont opéré il y a sept ans, et qu'ils m'ont suivi les années d'après. Alors oui, il sont à la pointe de l'oncologie, du traitement du cancer quoi, mais moi j'avais balancé ma carte d'abonné en considérant la merde derrière moi. Tous ces examens, ces machins diffusés dans mes veines pour voir si la bestiole était encore dans le coin, c'était loin, c'était fini, elle était partie. Popopopopo… pas si vite jeune homme, non seulement elle s'est pas barrée, mais elle t'a trouvé bien désinvolte et bien sûr de toi la bestiole, et pour t'apprendre un peu la vie elle s'est installée un peu partout bien à l'aise. Alors ? On la ramène moins hein ?

*Quand est-ce que j'ai vu Anouk et Stéphane ? Qu'est ce que je leur ai dit ? Qu'est-ce que Myriam leur a dit ? Je ne sais plus, de toute manière je pense que ma tronche parlait pour moi. Où est mon galet ? Il était dans ma poche lors du rendez-vous avec la prof.*

9

## Institut Gustave Roussy, service dermatologie

Où est-ce qu'elle avait trouvé ce joli galet avec ses initiales Maria ? Une belle pierre ronde et polie où sont peintes dans une fine typographie les lettres MP. Je ne sais plus. Elle l'a longtemps gardé puis offert à Stéphane qui venait de se marier avec Anouk il y a 22 ans. Elle lui avait offert, car elle apprenait que Stéphane avait un gros problème de santé et, contrariée par cette injustice, elle était persuadée que son caillou allait lui apporter les bénéfices d'un talisman qui soigne. Tout cela tient du raisonnement enfantin et de la superstition… et pourtant, il est complètement réparé le grand Stéphane depuis le temps. Du coup, mes deux amis chez qui je dînais il y a quelques jours, ont tenu à me prêter le talisman le temps de mon rendez-vous qui pue. Je prendrai le galet avec moi à chaque rendez-vous et il restera sur ma table de nuit, près de ma tête quand je dors.

J'ai rendez-vous avec un professeur oncologue, enfin c'est une dame, une professeure, avec une assistante. J'aime bien sa voix, elle est douce, rassurante, même s'il elle me dit plein de choses très désagréables, mais bon, c'est malgré elle, c'est mon dossier qui n'est pas folichon à présenter. Ça à l'air d'être une jolie dame, même si je suis obligé de deviner son visage derrière son masque, quel âge peut-elle avoir ? Le truc c'est que j'ai un mal fou à me concentrer sur ce qu'elle me dit, et puis c'est trop d'infos, beaucoup trop. J'ai capté l'essentiel : c'est une récidive de mon ancien passage, version méchante, des métastases qui se baladent entre mon cerveau, mes poumons et mon ventre… triplé gagnant ? Putain concentre toi un peu !

— Il faudrait informer vos proches…
Ho que je l'aime pas cette phase ! Elle schlingue la dernière ligne droite non ?… De toute manière des proches j'en ai plus des masses, j'ai ma petite femme près de moi, courageuse comme pas deux, et puis je vais prévenir ma fille et sa mère.

— Vous êtes jeune et en bonne santé monsieur Pacôme, nous sommes très confiants, il y a dix ans ça aurait été beaucoup plus problématique, mais aujourd'hui nous avons énormément évolué en matière de traitement, l'immunothérapie semble tout à fait adaptée à votre cas.

— Alors là, je suis super content, pour une fois que je fais un truc au bon moment, j'ai bien fait de ne pas faire ce cancer plus tôt. Et puis j'aime bien « immunothérapie », ça sonne bien, ça sonne gentil, alors que la chimiothérapie, ça fait chimique, ça fout les jetons. Mon humour laisse la dame de glace, mais je ne tenais pas tellement à la faire rire, c'était pour moi, parce que dans les coups durs, je suis mon meilleur allié.

— Pour votre congé maladie monsieur…

— J'en prends pas, j'en veux pas, la cortisone a fait arrêter mes symptômes, je vais bosser.

— Mais vous allez certainement avoir des effets secondaires avec le traitement, dont des vertiges, en tout cas hors de question de conduire.

— Ouais ouais, on verra ça, connasse (mais le « connasse » reste dans ma tête).

Le mois d'août passe, on avait prévu des tas de choses marrantes, recevoir des tas d'amis, sortir, s'occuper encore de la maison qu'on aime tant, bricoler, peindre, jardiner, nous baigner tout nus, prendre de belles couleurs au soleil. Je ne bouge pas de ma chambre, je vais parfois sur la terrasse, dans le grand siège suspendu que Myriam m'a offert pour mon anniversaire, c'est mon maximum. Je ne lis pas, je regarde vaguement ma tablette numérique, je fais défiler des images. Je ne réponds pas au téléphone et parle de moins en moins.

— Tu veux pas te baigner ? Nager un peu te ferait du bien tu sais.
— Peut-être plus tard ma louve, je suis fatigué là.
— Tu ne manges pas grand-chose, tu veux une glace ?
Bouges pas, je te l'apporte.
La pauvre, pour une fois qu'elle s'accorde trois semaines de vacances, je suis là comme un vieux con à n'avoir envie de rien, à ne rien pouvoir faire. Elle me conduit partout, on fait cette fameuse séance d'immunothérapie gentille, quatre sont prévues, chacune à trois semaines d'intervalles. Elle est restée près de moi à l'hôpital, toute la journée avec mon truc dans le bras, dans une piaule sinistre, avec d'autres qui avaient l'air bien plus déglingués que moi. Ou alors je m'illusionne, peut-être que je ne me vois pas.

— Je ressemble à ça ma louve, je leur ressemble à eux ?
— Pas du tout, toi t'es impec, toi t'es mon beau mec.
J'ai l'air d'aller pas trop mal, Myriam a laissé son salon de coiffure à son employé qui y est seul depuis trop longtemps, il n'y fout rien et plombe son salon, donc elle doit y retourner, peut être pas tous les jours, car elle tient à me surveiller, mais elle ne peut pas mettre son entreprise plus longtemps en danger. Je la rejoins dans la cuisine et me rattrape de justesse au plan de travail, j'ai bien failli me vautrer en beauté, mes jambes se sont carrément fait la paire. Qu'est ce que c'est que ce bordel ? Ça me fait rire en plus, mais Myriam pas plus que ça, elle se

souvient de la mise en garde du professeur, moi pas. D'ailleurs je zappe de plus en plus de choses, j'oublie tout et je ne me concentre que sur le début des phrases qu'on me dit, après, ça m'échappe.

*Allez bonhomme, on se retourne, on bascule gentiment sur les genoux et on se redresse. Doucement, voilà, je m'appuie sur le muret eeeeetttt... je me lève. Ho putain, ça tourne un peu, je descends les marches du jardin, je traverse la cour et je me dirige vers la cuisine, décontracté, désinvolte, l'air de rien. « Soyons désinvolte, n'ayons l'air de rien », c'était dans une chanson de Noir Désir ça... « Tostaky », oui c'est ça.*

**1 0**

## Restons dignes, tout est perdu, fors l'humour

— Ben t'étais où mon cœur ? Je t'ai appelé, je t'ai cherché dans toute la maison.
— Je ne t'ai pas entendu, je me suis promené dans le jardin, au fond près du verger.
— Tu m'as foutu la trouille, j'ai cru que tu étais encore tombé.
— Ho ça va hein, je ne passe pas mon temps le cul par terre quand même.
Je me dirige vers le salon et Myriam entend un grand fracas, elle me rejoint et me trouve étalé près de la cheminée. La décontraction désinvolte a ses limites, pour le coup je ne peux pas tricher, je me redresse comme je peux mais reste les fesses vissées au sol, elle me rejoint et s'assoit par terre près de moi, prend ma main et me sourit sans rien dire. « P'tit pote » le chat se pointe, ravi de trouver des copains enfin à sa hauteur. Il pose son gros postérieur de gros chat près de nous et nous regarde avec les yeux mis clos du greffier satisfait et tranquille. On se regarde tous les trois, et on se marre.

11

## La louve ne montre rien, ni son angoisse ni son chagrin

Et pourtant elle aurait quelques raisons. Son bonhomme bavard comme une vieille pie n'en sort plus une, c'est à peine si je lui réponds quand elle me parle. Et puis c'est elle qui maîtrise le dossier médical, moi ça m'interpelle autant qu'un problème de math à l'école, les deux premières phrases je capte, après je décroche et je pars dans les songes. Elle, mignonne, fait comme si de rien n'était, elle fait mine d'être légère et guillerette, s'occupe de moi mais n'en fait pas trop dans la surenchère pour ne pas m'inquiéter. Ce matin elle est partie travailler, mais pas sereine. À peine une demi-journée de boulot et elle rentre, accompagnée par Alexandre, son grand fils. Elle me retrouve au top de la forme olympique : en boule sur le canapé, livide, je n'ai rien pu avaler, je vomis la moindre goutte d'eau et mes médicaments avec, c'est ce qui l'angoisse le plus : je ne garde pas ce qui est sensé me soigner. Elle aimerait bien m'emmener à Gustave Roussy mais je ne veux pas. Je veux bien seulement quand les deux gaillards du Samu sont là, ils ont un gabarit à qui il est difficile de dire non. « Quand les types de 120 kg parlent, les types de 60 kg écoutent » disait Michel Audiard, alors j'obtempère. Mais les gars déclarent qu'ils ne sont pas taxis et qu'ils nous emmèneront où ils veulent, donc à l'hôpital St-Joseph de Corbeil-Essonnes. En d'autres temps, je leur aurais volontiers exprimé ma contrariété à coup de mandales, ou plus raisonnablement d'invectives, car ils sont vraiment balaises.

St-Joseph c'est un cauchemar, déjà qu'un hôpital c'est pas folichon, celui-là on dirait un hospice des pays de l'est dans les années 70. Ils nous séparent, ne veulent pas que Myriam m'accompagne voir le médecin. On communique par SMS, je lui dis que je m'ennuie (deux heures que j'attends qu'on vienne me voir) que je suis avec des vieux gagas qui débloquent dans les couloirs, que je veux la rejoindre mais que les toubibs ne veulent pas, ils veulent que je fasse un scanner, Myriam s'y oppose, car ils vont m'envoyer du liquide révélateur. Je dois faire une séance d'immunothérapie le lendemain et il ne faut pas que j'ai de liquide révélateur dans le corps (je ne comprends pas pourquoi, mais la louve elle le sait, elle a tout suivi, tout compris, moi je me fous de tout, je veux juste rentrer). Elle veut parler au médecin, car en dehors de dire des conneries je n'ai rien expliqué de mon cas. Des conneries j'en dis beaucoup, parce que j'ai l'impression que l'humour me sauve de tout, l'humour et la musique, mais là je n'ai que l'humour sous la main.

Ils font une IRM et on se revoit après, tous les trois avec le toubib. Verdict : les métastases ont beaucoup grossi. Injection de cortisone massive et puis Alexandre vient nous chercher pour rentrer. Il est tard, tout ce qui compte pour moi c'est de quitter cet hôpital, on va retrouver la maison tous les trois c'est tout ce que je vois, c'est tout ce que je j'entends, ha si... je voudrais faire pipi avant de retrouver la voiture, elle est où la voiture d'Alexandre ? Vite, vite un petit coin tranquille ou je peux me soulager discrètement et... trop tard, j'ai pissé dans mon froc. C'est à ce moment précis que mon monde s'écroule. On peut bien m'annoncer n'importe quoi, on peut bien me prédire le pire, tant que je garde ma tête et ma dignité, j'encaisse. Mais je l'ai perdue ma dignité, et j'ai un peu envie de chialer, mais plutôt crever que de me mettre à chialer en plus. Alors j'en ri, j'ai plus que ça.

La louve elle, elle ne se marre pas trop. Elle a tout bien enregistré de ce qu'a dit le médecin, de ces métastases qui ont considérablement grossi en très peu de temps. Elle a bien pris conscience de mon état physique et mental qui se délabre a une vitesse ahurissante, et elle aussi elle pleurerait bien un bon coup, et elle le fera, mais jamais devant moi. Devant moi elle restera la plus battante, la plus positive, la plus protectrice des louves.

12

## On s'est bien marré avant-hier, on remet ça?

La dose de cortisone que j'ai reçue à St-Joseph a calmé mes symptômes, mais une journée seulement, aujourd'hui rebelote. Myriam venait juste de rentrer après être allée chercher les médocs qui demandaient quarante-huit heures de délai. Elle appelle le professeur qui s'occupe de moi à Gustave Roussy : faut qu'on aille aux urgences fissa. Ha non ! Ce coup-là j'en ai raz le bol, j'irai nulle part, d'ailleurs je vais très bien je suis simplement légèrement patraque et j'ai eu le tort de le dire et... et je m'étale comme une grosse bouse aux pieds du chauffeur de taxi qui nous attend. Petite gâterie supplémentaire pour la louve qui n'en a pas encore eu assez : le coup de fil juste avant de monter dans le taxi d'une infirmière convoquée pour me filer les très nombreux médicaments, dont certains à heure fixe, lorsqu'elle sera absente.

— Bonjour, madame Pacôme, je suis Vanessa du centre Népal, c'est moi qui vais m'occuper de votre mari pour les soins palliatifs.
— Mais comment ça les soins palliatifs ?
— Oui, l'aide à la fin de vie.

Tout ce qui reste de sang dans la tête de Myriam descend dans ses godasses.

— Mais il n'est pas du tout en fin de vie ! Il est jeune, il est costaud et on va le sauver !

Il s'avérera que la demoiselle n'avait pas pris connaissance de mon dossier avant d'appeler, et que si son centre s'occupe essentiellement des « fins de vie », ce ne sont pas leurs seules prérogatives. En attendant, Myriam monte dans le taxi avec un horrible tourbillon dans la tête : qu'est-ce que c'est que ce traitement que je suis allée chercher ? C'est pour le soigner ou l'aider à passer ? J'ai tout compris ou je me suis laissée aveugler ? Est-ce qu'ils auraient des infos que je n'ai pas ? Et pour couronner son cauchemar, je suis odieux.

— T'es méchante, pourquoi tu ne me laisses pas tranquille ?

Tu me traînes d'hôpital en clinique, je suis fatigué, je voulais rester à la maison.

Un discours décousu et enfantin dont elle ne me tiendra aucune rigueur, me sachant débloquer à fond. Matinée aux urgences, ce coup-là on me met directement dans un fauteuil roulant, marre de me ramasser à la petite cuillère. Après l'incontinence devant elle, maintenant ma gonzesse pousse mon fauteuil, j'ai perdu le sourire depuis un moment mais pas ma fierté : je suis affligé par cette image. Tests, examens, je sortirai peut-être ce soir. Ben non tiens, on va plutôt le garder cette nuit, l'est pas bien vif l'animal. Cortisone, cortisone, cortisone... je m'éveille un peu, on y prend goût à ces conneries.

— Vous passez reprendre votre paquet demain, madame Pacôme ? (ils n'ont pas dit paquet, mais bon, l'idée y était).

Alors là, pas une chance qu'elle me quitte, moi je ne veux plus rien à part disparaître et oublier cette vision de la femme que j'aime poussant le fauteuil de son pathétique amoureux, mais elle, elle restera accrochée comme une moule à son rocher (la métaphore n'est pas flatteuse, mais parlante). Elle aime son rocher à roulettes, et ça, c'est joli. Elle appelle ses contacts dans la médecine pour se renseigner sur mes médicaments l'air de rien, elle a l'ordonnance dans la poche et énumère mes futures friandises : ce sont des médicaments de dernière génération, considérés comme extrêmement efficaces pour me soigner. Elle souffle un peu. On nous installe avec deux autres camarades de jeu dans une chambre qui n'en est pas une, il n'y a plus de place pour une vraie. Décidément le cancer est à la mode et Gustave Roussy est « the place to be », on s'y bouscule.

Si on s'y bouscule, ce n'est pas forcément pour le service restauration, mais il faut bien avaler un truc, oserais-je parler de dîner ? Non, définitivement non, sans un coup de rouge, ce n'est pas un dîner. Voyant qu'on avait oublié ma belle, une grosse infirmière, aussi noire que maternelle, lui apporte un plateau. Plus tard dans la nuit, cassée en deux par sa position, les fesses sur une chaise, la tête sur mon lit, Myriam ira s'allonger sur un banc dans le couloir. Ils ont laissé la porte ouverte et je ne dors pas, je vois la grosse infirmière passer devant elle, lui jetant un coup d'œil. Elle reviendra quelques minutes plus tard pour la couvrir d'une épaisse couverture. Dans les hôpitaux les plus sinistres, dans les situations les plus tristes, on trouve souvent une doudou pour vous réchauffer les épaules et le cœur.

13

## Arrêt au stand, on laisse le moteur refroidir

Ce coup-là je ne coupe pas à l'arrêt de travail, retour au bercail et repos imposé. On s'organise avec les infirmières à domicile, elles viendront le matin et au déjeuner, Myriam s'occupera des médicaments le soir. Ce ne sont pas des médicaments que je m'envoie le matin, c'est un bol de corn flakes, avec des gélules à la place du blé soufflé. Il y en a tellement et il faut les prendre à intervalles tellement précis qu'on a jugé bon de me filer un coup de main, car ma caboche n'est pas optimale. La première fois qu'une infirmière s'est présentée, j'étais dans mon lit et ça a été un choc effroyable. Quelques années plus tôt, j'ai accompagné ma mère dans ses derniers mois, et comme j'ai repris son ancienne chambre, bien qu'ayant tout chamboulé, tout modifié pour en faire un lieu qui me ressemble, je me suis retrouvé exactement à la même place, lorsque ces mêmes infirmières venaient s'occuper d'elle. Vision insupportable, et parallèle sur l'avenir inenvisageable.

Pas question de jouer les fragiles, les pauvres choses en fin de parcours, l'œil mouillé, la mine triste et suppliante et l'hygiène douteuse (ce qui n'à jamais été le cas de Maria non plus, elle restait dans son lit, mais impec'). Je les attendrai donc dès demain matin, aux petites heures du jour, dans le salon, lavé, habillé, parfumé, en un mot : irréprochable. J'irai même jusqu'à leur présenter, et sans attendre, un bras fier et courageux pour la prise de sang hebdomadaire, moi qui frémit d'angoisse et d'horreur à la perspective qu'on me trouillotte les veines. Elles ne verront rien, ils ne verront rien, tous ceux qui s'attendent à ce que je flanche et que je perde un peu de ma superbe du haut de mon orgueil. Mon cul, oui ! Ils verront plutôt de quel bois je me chauffe face à l'adversité : HAUT LES CŒURS ET MORT AUX CONS me disait mon papa quand il voulait me remonter le moral. Et comme je ne me sens nullement concerné par la deuxième partie de sa devise, je suis confiant. Personne n'est censé savoir combien de temps je mets pour me préparer et si je descends les nombreuses marches de la maison sur le cul pour éviter un inévitable vautrage. Lemmy Kilmister, le regretté bassiste beugleur du groupe *Motorhead* répondait à ceux qui lui demandaient pourquoi il plaçait son micro si haut, l'obligeant à garder le menton fixé vers le ciel : « je n'ai jamais baissé la tête devant personne, et certainement pas devant un micro ». Chapeau bas, Lemmy, je ne baisserai pas la tête non plus.

Il ne va pas se passer très longtemps avant que je retrouve mes facultés mentales et une meilleure forme physique, quinze jours peut-être ? Pas plus. Un soir, alors que nous dînons avec Alexandre, mère et fils retrouvent un compagnon joyeux et bavard, je plaisante, je les vanne, ne les laisse pas en placer une, ils sont soufflés d'un changement si brutal. Mais le lendemain, la femme que j'aime et qui prend soin de moi est malade, mais malade… scotchée au pieu, transie tremblante, pas bien quoi, sûrement le soulagement et puis le contrecoup d'avoir retrouvé son Jules avec toute sa tête et son bagout. Alors j'ai inversé les rôles et j'ai trouvé une énergie folle d'efficacité pour la retaper au mieux … ça a marché pas mal du tout.

La conclusion est que je suis bien plus à l'aise dans le rôle d'assistant que celui d'assisté, j'en prends note pour l'avenir. Peut-être aussi que dans quelques jours on va retrouver deux couillons qui fêtaient à peine leurs noces de coton, morts dans leur maison et grignotés par un chat sans scrupules. La vie est farceuse, mais j'ai la foi.

# 14

## Des médocs de choc

Les cocktails de médicaments que les infirmières me donnent ont pour avantage de me mettre d'une humeur artificiellement joyeuse et prolixe. Ils ont leurs grands avantages et leurs petits inconvénients. L'avantage principal étant de me faire retrouver une certaine vivacité physique, me permettant par exemple de montrer un escalier dignement sans être obligé de finir à quatre pattes en soufflant comme un phoque, ce qui fut le cas pendant un bon mois. L'inconvénient principal est d'avoir transformé un physique dont je n'étais déjà pas entièrement convaincu. Par transformé, je parle d'un ventre digne d'une grossesse de sept mois et demi (je tiens à la précision du terme), de mes abajoues de hamster boulimique, et de mes yeux devenus inexistants s'il me venait à sourire (à cause des abajoues qui prennent trop de place). J'évite donc de sourire devant la glace, sinon je ne m'en prive pas, en particulier lorsque je croise des gens.

Maria n'a jamais eu de très bons rapports avec nos voisins qu'elle prenait pour des cons dans leur ensemble. À de rares exceptions, je n'en ai pas de bons non plus, car ces voisins pensent certainement que j'ai hérité envers eux d'un jugement catégorique, sévère et partial. Je crois n'être ni catégorique, ni sévère, ni partial. Ils pensent donc que je les méprise par atavisme ce qui est très con. J'ai donc le même jugement que Maria, mais pas pour les mêmes raisons.

Alors que je me sentais assez en forme pour aller à la boulangerie à pieds, sans flancher ni à l'aller ni au retour, je croise l'un d'eux, un ancien copain d'enfance mais pas un toxico, car lui, avait sûrement plus souvent carburé à la maïzena qu'à l'héroïne étant donné son embonpoint et sa bonne mine. Alors que nous nous saluons à peine d'un hochement de tête d'habitude, voilà que je me mets à lui parler de tout et de rien avec un débit de mitraillette et de la manière la plus expressément chaleureuse qui soit. J'ai lu dans son œil de poisson myope un certain désarroi, suivi d'une absolue inquiétude. Il s'est dit : « la dope est revenue dans le village, il a mis le nez dedans jusqu'au poitrail, et si jamais je l'interromps, le mec va me sauter à la gorge ».

Le jour où je ne marcherai plus à la cortisone, version dose pour cheval, il va être très étonné que je ne le salue plus que d'un méprisant hochement de tête. Cette pharmacie adoubée par le corps médical a radicalement changé ma manière de penser, de réfléchir. J'ai conscience que cette chimie altère certaines parties de mon cerveau, comme elle en galvanise d'autres. Par exemple, je ne suis sujet à aucune angoisse, moi qui suis pourtant né sous le signe de l'anxiété, et je suis d'un positivisme frisant la béatitude crétine. J'ai pourtant été confronté à de multiples contrariétés depuis le début de ma maladie.De la maladie elle-même en passant par des problèmes économiques, matériels, ou familiaux, je ne les aborde plus comme avant, ils ont cessé de me manger. Alors je me sers de ça pour faire le point. Je sais que mes humeurs sont celles d'un joyeux camé et qu'elles sont temporaires, car les doses vont diminuer, mais j'ai aussi l'impression que mon esprit n'a jamais été aussi posé, aussi serein pour évaluer ce qui est important de ce qui est accessoire, voire nocif. Je me suis juré d'abandonner les gamberges, les ruminations, les rancœurs, les frustrations, qui sont toutes des petits cancers. C'est du boulot, du sacré boulot, on ne gomme pas ses habitudes et tous les fonctionnements de méninges qui font ce que vous êtes, comme ça, par simple décision, mais j'ai compris que cette nouvelle manière de penser, d'appréhender les choses, était un de mes meilleurs alliés dans la bagarre. Et si la finalité de la bagarre c'est de vivre, alors autant ne plus vivre comme avant, mais mieux.

15

## Les médicaments c'est marrant, mais pas tout le temps, genèse

Mes bols de corn flakes médicamenteux m'ont fait passer par bien des phases. Au début c'est pas la gloire, je vais mieux, mais en mode grabataire avec en revanche un appétit d'adolescent en pleine croissance. Mon occupation majeure est de regarder les vidéos d'une cuisinière qui fait toute sa popote en extérieur, en toutes saisons et dans une région où on a l'air de se les geler sévère. Elle cuisine par tous les temps dans un décor de campagne luxuriante et lointaine, des choses principalement cuites au feu de bois. Des viandes dorées qui me font saliver et des poissons luisants qui me font baver, même ses légumes me font envie, et une envie de légumes témoigne chez moi d'un état tout à fait anormal. Les images sont sans paroles avec simplement une petite musique débile en bande son, toujours la même, vidéo après vidéo, ne m'apprenant donc rien de son rituel culinaire en dehors de sa fascinante esthétique. J'attends l'heure du repas avec impatience, je dévore comme un ogre, et je suis affamé une heure après être sorti de table. Quand j'ai épuisé toutes les vidéos de la dame, je m'envoie celle des « rois du barbecue Américain », puis des archives des « cuisines des mousquetaires » avec la grosse Maïté et son accent du sud-ouest. Elle m'éclate complètement, je voudrais vivre avec elle, dans sa cuisine, car je ne pense qu'à la bouffe et communique seulement par : oui, je viens à table, oui c'est drôlement bon, oui j'en veux bien encore et, quand est-ce qu'on mange ? Passée cette période sûrement satisfaisante pour la mère d'un enfant de quatre ans, mais moins pour ma femme, je rentre dans celle de l'éveil. Un éveil brutal de mes méninges qui va engendrer logorrhée verbale et excitation de cocaïnomane : j'ai plein d'idées et tiens à les faire partager. Alors quand ma louve n'est pas là j'écris, sur Facebook, beaucoup, tout et n'importe quoi avec un empressement et une spontanéité que je regrette parfois.

Mon mutisme a fait place à une irrépressible envie de communiquer, mais je ne veux pas téléphoner ou répondre aux appels, la cortisone génère des tremblements et des bafouillages incontrôlables alors j'écris, je surveille les réponses, je suis déçu quand elles ne sont pas assez nombreuses, donc j'élabore des stratégies de communication, des recettes pour appâter le lecteur. C'est une petite gymnastique intellectuelle, un jeu qui remet mes neurones en place. Mais cette satanée cortisone qui me permet de retrouver mes esprits a son revers : je ne dors plus, ou très peu. Je m'en fous, je n'ai pas à me lever. Enfin si, je me lève avec Myriam, nous prenons notre petit déjeuner ensemble et je me fais impeccable pour attendre les infirmières à huit heures. Je m'applique à leur faire toujours bonne figure, leur propose toujours un café, refusé systématiquement. J'essaie aussi de les faire rire ou sourire. Avec l'une d'elles, ça fonctionne, avec l'autre pas du tout. Je joue les décontractés au moment de la prise de sang hebdomadaire alors que je suis à deux doigts de m'évanouir. Je les flatte en surjouant l'inculte, pour qu'elles m'expliquent les derniers résultats d'analyses. C'est fou ce pouvoir qu'ont les infirmières qui décryptent vos analyses de sang. Elles ont l'autorité bienveillante du grand gourou devant l'innocent inquiet et avide de savoir.

Mais je ne dors pas, même pas une sieste, je me lève la nuit, change de chambre pour aller écrire, tombe parfois sur un autre noctambule de Facebook, on échange un peu. Un de ces « amis » m'incite un jour à écrire des chansons. Ha oui ! J'adore l'idée, mais comment on fait ça ? C'est assez simple, me dit-il, on fonctionne en rimes et en pieds à respecter. Il m'envoie donc quelques compositions au piano, et quelques thèmes souhaités. L'exercice me plaît au plus haut point et comme Claude Nougaro dans sa chanson « Dansez sur moi », la nuit sur mes doigts je compte mes pieds. J'écris quelques chansons drôles, d'autres absurdes, certaines tendres, et ça toute la journée. Un soir que je me déshabille devant ma louve, elle me dit : « J'aime bien ce caleçon que tu portes, c'est mon préféré ». Et moi dans un état d'hystérie joyeuse je lui dis : « Je vais t'en faire une chanson, une chanson où il sera question de ton slip préféré ! ». Ça aurait pu, ça aurait DÛ en rester là... Mais j'ai réveillé la belle à des heures indues, pétant la forme et éclaboussant d'enthousiasme : J'AI TROUVÉ DES RIMES FORMIDABLES AVEC « TON SLIP PRÉFÉRÉ » !... Et bien la belle m'a écouté très gentiment, me félicitant même de l'affligeante chose que je lui ai chantée sans pitié ni honte. Que sa patience et son dévouement en soient ici remerciés, car tout être bienveillant mais normalement constitué aurait balancé quelque chose de lourd dans ma tronche d'ahuri nocturne.

Plus tard, le camarade qui m'avait proposé cette collaboration auteur/compositeur, m'enverra vertement bouler, me considérant comme trop envahissant. Un peu vexé, mais toujours prompt à me remettre en question, je me suis dit que je ne devais pas me rendre compte à quel point j'étais en demande de contacts et de débats. Pourtant, en dehors de ma légitime, je n'étais pas certain d'emmerder grand monde. Après tout, il était à l'origine et demandeur de ce « ping-pong intellectuel » pour reprendre son expression, et nos échanges n'étaient qu'épistolaires. Alors j'ai relu nos conversations écrites pour faire un point lucide et une autocritique honnête. Suis-je ou non opportun ? Suis-je un casse-couille patenté ? Et j'ai réalisé avec soulagement que même bourré jusqu'à la gueule de médicaments, je ne rivalisais pas en hystérie avec certains autres dans leur état naturel.

16

## Les nuits sont longues, les sangliers pas loin

J'ai acheté quelques bouquins pour abandonner ma tablette numérique et ce flot incessant d'images que je compulse sans aucune réflexion : des motos, des avions, de la déco, des gros seins, un moteur, un chopper, un bateau, des gros seins, un cocker, un rocker, puis sa sœur, des gros seins... STOP ! Et je ne veux pas m'abrutir devant des séries non plus. J'ai choisi des livres de Jean d'Ormesson pour son élégante sagesse un peu vieille France et sa belle philosophie de la vie, et puis Sylvain Tesson pour me faire voyager. Une nuit, alors que les livres me tombent successivement des mains, entre délires, gamberge et bribes de sommeil, j'écris un texte comme un journal de bord, heure après heure.

2h55 - Je passe d'un bouquin à l'autre, j'en ai marre du vieux bourge de d'Ormesson, et puis Tesson me les casse avec ses voyages mystiques, les deux m'emmerdent surtout avec leurs références systématiques : NON je n'ai jamais lu vos fameux auteurs classiques pas plus que vos philosophes, arrêtez de citer leurs saillies comme d'évidentes comptines connues de tout le monde, et puis je n'ai jamais entendu vos opéras à la con pour zicos à perruques dont vous faites sans cesse les louanges , ce sont des putains de bouquins pas des disques, j'ai pas la stéréo quand je vous lis bordel ! j'ai l'impression de passer pour un élève demeuré qui ne connaît pas ses classiques avec vous et… hooooooo… mais j'ai sommeil moi ! Voilà l'explication de ma soudaine vulgarité et de mon manque de discernement culturel.

3h05 - Après quelques nuits maigres je sens enfin la bonne fatigue venir m'engourdir les neurones devenus de toutes manières aussi inopérants que le reste de ma carcasse, et c'est bon, c'est bien, je vais m'écraser, détendu et mou comme un loukoum. Je fais exceptionnellement chambre à part avec ma bergère pour ne pas l'encombrer avec mes insomnies et je crois plonger profondément à plusieurs reprises dans les bras de Morphée… enfin, je crois. Je crois surtout que j'ai les jetons, qu'est-ce qui se passe ? Je la sens moyenne Morphée, j'ai peur d'un coup, et je ne peux même pas partager mon angoisse avec la femme que j'aime, pas Morphé l'autre, celle qui saurait au moins me dire si je délire, car dès que je m'endors un ours se pointe je l'entends, je l'entends c'est un ours ou un porc, un goret ? Non pas un goret c'est trop petit un goret, ou alors un cheptel de gorets ? Ou une harde, c'est ça : u ne harde de sangliers comme une horde de barbares ou un hardeur, des hardeurs en horde aussi ça fait peur, j'ai peur et je m'égare, c'est la fatigue, la fatigue comme un demi-coma qui m'empêche d'être lucide, mais j'en reviens au sanglier et tout le monde sait que le sanglier est omnivore, il mange de tout mais surtout des glands, des glands et des enfants en bas âge quand il ne trouve pas de gland ni d'enfant il mange des glands enfants et… et je me suis rendormi.

Je me suis rendormi pas longtemps parce que le grognement terrifiant est là LE SANGLIER EST REVENU ! ! L'enfoiré j'entends son immonde grognement mais ce coup-là je serai courageux, je n'irai pas jusqu'à bouger faut pas charrier non plus, mais je vais héroïquement ouvrir les yeux dans le noir, pas les deux mais au moins un pour m'apercevoir que... que y a rien. Rien que moi qui dès que je plonge dans le sommeil émets une espèce de râle animal, quelque chose entre le brame du cerf en rut et... je ne sais pas, un truc énorme et sauvage qui beuglerait : enfin, je ronfle quoi. Mais je ronfle tellement fort qu'aux premières secondes ça me réveille tout seul.

4h17 - Donc si j'ai bien compris le principe, dès que je vais vaciller je vais m'autoréveiller ? M'autoréveiller avec la honte de produire ce son immonde, c'est ça l'idée ? Et la louve, elle l'entend parfois le sanglier ? Si ça se trouve elle l'entend mais ne dit rien, elle est capable de me dire que je ronfle « comme un gentleman » et puis un jour, fâchée elle me le renverra à la face : « TU RONFLES COMME UN PORC !! » Reste 2h30 d'hypothétique sommeil avant que je me prépare pour l'arrivée de l'infirmière, celle qui me donne les cachetons qui font que j'ai les cernes qui vont bientôt descendre jusqu'au slip. Je ne vais pas lui faire de reproche, elle ne fait que distribuer les bonbecs du pharmacien la pauvre. Non, je vais lui faire un déca et lui refiler les bouquins d'Ormesson et Tesson, elle les calera sous une armoire et je suis certain qu'elle passera une bonne nuit.

7h - J'ai écrit une histoire de sanglier dans ma chambre, mais surtout d'insomnie. Donc c'est clair, je n'ai pas dormi. Mon cerveau est tellement fatigué et fonctionne de manière tellement bizarre que je n'arrête pas de faire les rimes les plus improbables et de compter les pieds : *c'est pratique les histoires, on fait faire croire qu'c'est bidon.* Attends que je compte, douze pieds, c'est un Alexandrin ça, non ? *Une douche, et elle est là, je suis propre et j'sens bon.* Putain, un deuxième tiré par les cheveux, et j'ai ma rime en ON ! hooooooo, aujourd'hui on diminue les cachetons, je vais aller me repieuter. Et heureusement qu'ils vont diminuer, parce que des nuits de délire comme celle-là, j'en aurai plusieurs, suivies par des journées mêlées de crises d'angoisse et de paranoïa. La privation de sommeil, c'est horrible.

*Je dormais, je m'réveille j'en peux plus je suis cuit*

*Et ce manque de sommeil m'a fait dire des conneries*

*C'est Besson, d'Ormesson, des auteurs pourtant bons*

*Qui font trop d'références et ramènent trop leur science*

*Me font sauter des pages car je piaffe et j'enrage*

*D'être un lecteur si con qui n'a pas lu Platon.*

MAIS QU'EST-CE QUE C'EST QUE CES ALEXANDRINS À LA CON ? Je me rendors, pitié, stop ma tête. Quelques heures de sommeil anarchique grapillées dans l'après-midi, les Alexandrins se taisent enfin, les sangliers se sont éloignés.

# 1 7

## Une visite

J'ai un creux, je mangerai bien un morceau. Trois heures trente du matin au radio-réveil, c'est pas une heure pour becqueter mais comme des heures j'en ai plus vraiment, on s'en tape. Je dors quand les médocs m'en laissent l'occase, et j'erre le reste du temps. Je sors du lit discrètement pour ne pas réveiller ma douce, direction la cuisine. MAIS HEUU… ! Le p'tit pote m'a filé entre les pattes et a bien failli me faire dévaler les escaliers sur la tête, mais qu'il est con ce chat ! Toujours effrayé par n'importe quoi. Où qu'il est planqué ce sublime camembert que j'ai acheté hier ? Ha ! t'es là… La cuisine est simplement éclairée par la petite loupiote du réfrigérateur et…et ça ne sent pas le camembert. Mon cœur se serre, ça sent la cigarette. Ça sent la cigarette et plus personne ne fume à la maison.

J'ai arrêté de fumer depuis cinq ans et je demande expressément, mais le plus amicalement possible aux copains qui fument de le faire dehors, et puis de toute manière cette nuit il n'y a que la louve et moi dans la maison. Je me retourne et je vois la braise incandescente d'une cigarette dans un cendrier, j'allume le plafonnier, prêt à me battre. J'ai bien fait de mettre un jean, je suis prêt à mourir dans une lutte sanglante, mais pas la bite à l'air. Personne. Une cigarette se consume dans le cendrier, une cigarette fine qui exhale un parfum mentholé, une de celles que j'allais acheter à Maria. J'entends sa voix.

— Salut mon bonhomme.
— Hein… ???…
— Il est là mon bout d'azur ?
— Maria ?
— HA NON, tu ne vas pas recommencer tes conneries à m'appeler par mon prénom.
— M'man ?
— Tu vois quand tu veux, p'tit con.
— Qu'est-que tu fous là ?
— Alors ça, c'est charmant comme manière de m'accueillir, bonjour d'abord.
— Salut M'man, qu'est-ce que tu fous là ?
— Qu'est-ce que je fous, qu'est-ce que je fous, je suis venu voir la maison, et puis toi bien sûr.
— Ouais ben tu m'as fais peur. La maison, c'est pas la première fois que tu y reviens non ?
— Absolument pas, j'ai autre chose à faire figure toi.
— Tu parles, y a un moment que tu te balades.
— Mais enfin, c'est la première fois ! Je le jure sur ta tête.
— Évite s'il te plaît. La guitare dans le bureau c'était pas toi ?
— Mais de quoi tu parles ? Quelle guitare ?
— De la guitare que j'avais mise dans l'alcôve, à la place du portrait de nous deux.
— Comment as-tu pu retirer cette superbe photo et mettre cette guitare de gosse moche comme tout ?

— Donc c'est bien toi qui as fais valser la guitare en pleine nuit ?
— HÉ BIEN OUI !! OUI MERDE ! ! C'était même pas une

des tiennes, c'était celle de ta fille qui ne s'en est jamais servie, et au moins tu as remis cette splendide photo que j'adore.

— Je l'ai remise pour que tu me foutes la paix, je savais bien que c'était ça que tu voulais.

— Tu savais rien du tout, c'est Myriam qui te la soufflé, toi tu avais fourgué la belle photo au grenier.

— Ha parce que tu nous écoutes en plus ? Alors ça c'est parfait.

— Jamais ! Enfin pas souvent, et puis je te le répète, j'ai d'autres choses à faire. En tout cas, cette photo est superbe.

— Tu parles, on fait la gueule tous les deux.

— Pas du tout, on est graves, graves et peut-être un peu mélancoliques, c'est très joli.

— N'importe quoi, je fais la tronche parce que j'ai cinq ans et qu'on m'emmerde avec un photographe professionnel, et toi tu poses comme une comédienne en sachant exactement ce que tu fais, elle n'a rien de spontané cette photo.

— En tout cas elle est parfaitement à sa place, et puis heureusement qu'elle est là, je ne suis plus nulle part dans cette baraque, si je n'avais pas insisté on ne saurait même pas que c'est ma maison.

— De quoi ? « TA » maison ?

— Tu sais très bien ce que je veux dire, tu en as peut-être hérité, mais c'est ma maison. À propos, t'as tout chamboulé hein.

— Ha oui, j'en pouvais plus du musée, alors ? T'en penses quoi ?

— Oui, oui c'est pas mal, c'est impec', c'est carré, c'est sec, c'est toi quoi.

— Ça veut dire quoi ça ?

— Ça veut dire que je ne reconnais plus ma maison, elle a perdu son charme, son harmonie.

— HA BON ? Parce que le charme et l'harmonie c'était les

carreaux pétés? la terrasse qui se cassait la gueule? La déco des années soixante-dix ? L'enchevêtrement d'objets et de photos ? La plomberie pourrave et le réseau électrique prêt à prendre feu ?

— Holala, mais calme-toi un peu, tu vas réveiller Myriam, on dirait vraiment que la maison c'était une ruine.

— C'ÉTAIT une ruine maman, et j'ai retapé chaque pièce une par une, j'en ai fait MA maison.

— Ho merveille ! Mon petit travailleur qui s'est donné tant de mal à retaper la méchante bicoque que ça maman lui a légué. Et puis je t'en prie hein, t'as changé deux carreaux, repeint deux pièces, et pour le reste tu as fait appel à quelqu'un.

— T'es tout le temps là quoi.

— Ho tu me fatigues. Mais dis-moi, c'est qui ce type que tu as affiché absolument partout, c'est un chanteur ?

— C'est Joe Strummer, le chanteur des Clash.

— Connais pas, mais les photos sont belles, et pourquoi tu l'aimes tellement ?

— Parce que c'était un mec génial, un révolté, un humaniste, d'une belle gauche généreuse comme tu aimes.

— Ha bon ? Il avait une belle voix, il écrivait de jolies chansons ?

— Non, il n'avait pas une belle voix, c'était un punk qui beuglait sa colère en chuintant parce qu'au début il lui manquait des dents perdues dans des bastons. Ses chansons n'étaient pas jolies, c'était des brûlots, et lui, il brûlait de l'intérieur, je trouve qu'on voit ça sur ses photos de concert. Plus tard, après la période punk, il a interprété des choses plus posées, plus mélancoliques, et sa voix éraillée me bouleverse.

— Oui bon, c'est nouveau cette passion, et puis de toute manière je suis persuadée que tu ne comprends rien à ce qu'il dit, t'as pas été foutu d'être bilingue.

— Tu m'emmerdes Maria.

— Oui et bien toi aussi tu m'emmerdes, allez ciao !
— Maria ? MARIA ?.... M'man ?... MAMAAAAN ! ! J'AI TRANSFORMÉ LA PETITE CHAMBRE DE LA COUR EN GARAGE POUR MES MOTOS PARCE QUE C'EST MA MAISON ! !

Myriam dévale les escaliers et vient à ma rencontre, prête à la castagne, hirsute, tenant à deux mains mon vieux revolver Remington.

— OÙ IL EST ?
— Qui ça ?
— MAIS L'ENFOIRÉ AVEC QUI TU TE BATS, IL EST OÙ QUE JE LE BUTE ?
— Ça va pas bien toi ? D'abord tu vas buter personne avec mon flingue, c'est une antiquité qui n'est même pas chargée, et puis je mangeais juste un petit morceau de clacos.
— Non mais t'es totalement jeté ou quoi ? Je t'entends hurler depuis la chambre, je flippe comme une malade et je te trouve comme un pauvre débile à parler tout seul à ton camembert ? Ça te suffit plus de me réveiller pour me chanter des conneries avec des rimes en slip ? Tu veux me faire crever c'est ça ? Je ne vais pas tenir François, tu vas prendre un peu sur toi parce que je ne sais pas si ce sont les médocs ou si tu es en train de devenir complètement con mais je ne vais pas tenir le coup longtemps.

Et elle s'en va. Je reste seul dans le silence de la cuisine, mon camembert à la main. Le cendrier…
Il est où le cendrier ? Il était là, avec le clope, posé à l'autre bout de la table, merde mais il est où ? Et l'odeur ? Ha si, je la sens encore bien la fumée mentholée, c'est bizarre que Myriam ne l'ait pas sentie elle aussi.

— Maria ? Maria ?… M'man ?…

Avec les gens qu'on aime, les amoureux, les enfants, on fait souvent ce qu'on peut. Il y a des moments où on assure et puis d'autres où on est à côté de la plaque, des moments ou on a merdé, et c'est toujours bien de le reconnaître et d'essayer de rattraper le coup. J'ai souvent eu des coups à rattraper. Bien que n'ayant pas vraiment le droit de conduire, j'ai insisté pour emmener Myriam au boulot, histoire qu'elle se lève moins tôt, et puis je suis allé faire des courses. J'ai prévu un pot-au-feu et je veux les meilleurs ingrédients. Me promenant entre les étals de légumes biologiques, je me surprends à siffloter « foules sentimentales » d'Alain Souchon, un flash m'aveugle : Moi, avec mon panier, sélectionnant des légumes bio en sifflotant foules sentimentales, ce coup-là c'est certain, le punk en moi est définitivement mort. Tant pis, j'échange le *No Future* contre un cœur gravé dans le mur, je vais faire la popote, comme certaines mères juives qui n'ont pas toujours les mots pour exprimer leur amour et qui compensent en régalant les ventres. Et pourquoi je ne serais pas un punk sentimental ? Moitié destroy, moitié mère juive.

Ce n'est pas vraiment que j'ai faim à 3h53, mais définitivement les horaires de nuit sont devenus mes horaires de jour, et puis je voulais vérifier que mon pot-au-feu était vraiment réussi. C'était mon premier, et j'ai tout mis ce que Philippe Etchebest m'a dit de mettre dans sa vidéo. Myriam m'a dit : il est parfait, mais tu verras demain, il sera encore meilleur, alors je voudrais en être certain, même si on n'est pas tout à fait demain. Un pot-au-feu, c'est con comme la pluie à faire, il faut du temps, et du temps j'en ai à revendre. J'ai bien ficelé les os à moelle pour que la moelle ne se fasse pas la malle à la cuisson, j'ai balancé tout le bouquet garni dans le faitout alors qu'il fallait être plus pondéré, je regarderai « pondéré » dans le dico la prochaine fois. Et puis j'ai mis plein de clous de girofle dans l'oignon parce que c'était joli, mais deux auraient suffi.

J'ai tout mis, sauf des patates, la base quoi, c'est tout moi ça, j'ai oublié les patates. Je ne cuisine pas d'habitude mais j'avais promis, et puis j'avais un peu à me faire pardonner le coup des chansons et des hurlantes nocturnes. Hier elle était un peu remontée contre moi, mais avec elle ça ne dure jamais, et même si j'avais raté ma tambouille elle ne me l'aurait pas dit . Dès que je fais un truc elle positive et m'encourage, mais elle a vraiment aimé j'en suis certain. Ma situation qui me soustrait aux contraintes d'horaires (si ce n'est qu'il est hors de question de recevoir mon infirmière autrement qu'habillé, propre et parfumé), n'a pas que des désavantages. Je peux me lever à n'importe quelle heure de la nuit sans crainte d'être naze le lendemain. J'écris, je dessine un peu, je cherche des recettes à ma portée. J'ai le temps de me demander ce qui pourrait lui faire plaisir et de le faire, elle qui me rappelait ce soir que je ne lui devais rien, je lui dois à minima des nuits sereines et une jolie assiette quand elle rentre. Un jour, je trouverai un compositeur et je lui écrirai une belle chanson, car elle mérite bien mieux qu'un pot-au-feu sans patate et des rimes en « slip ». Je suis allé chercher un cendrier qui était dans mon atelier, un joli en forme de chouette que j'ai posé au bout de la table.Je coupe le son de l'enceinte qui diffusait un peu de musique, j'éteins la lumière, et m'apprête à monter les escaliers.

— C'était joli la musique, c'est lui Joe Strummer ?

Je me retourne, dans le noir seule brille la petite braise d'une cigarette dans le cendrier.

18

## Janvier 2023

Cinq mois que je n'ai pas bossé, faut impérativement que j'y retourne. Pour ma tête d'abord. J'ai besoin de revoir du monde, de me socialiser, de me sentir de nouveau autre chose qu'un semi-vivant qui végète en attendant ses médicaments et l'heure de la popote. Et puis des sous, il me faut des sous, j'ai plus de sous. Enfin si, j'en ai encore un peu, mais la maison me coûte cher à entretenir et c'est mon trésor, je ne veux pas pinailler sur les travaux et des travaux, dans une vieille baraque de 1880 qui a été mal entretenue y en a beaucoup. Je n'ai pas de besoins ni de désirs dispendieux et je me passe aisément de vacances et surtout de voyages. j'ai eu la chance de beaucoup bourlinguer et j'en ai raz le bol. J'aime pas les aéroports, j'aime pas les gares, et je déteste particulièrement la horde de vacanciers. Dès que je rentre trois ronds, c'est pour la maison. Je suis bien chez moi, je kiffe mon jardin, j'essaie vaguement de jardiner, j'observe les piafs aux jumelles et je recherche leurs noms sur internet. Mon préféré, celui qui fait croire qu'ils sont dix, celui qui a le chant le plus varié, a le nom le plus craquant : Troglodyte mignon. Il est tout rond. C'est une minuscule boule de plume qui se prend pour un Fregoli de la chansonnette. C'est lui ? C'est plus lui ? Ils sont combien ? Si si, c'est bien lui tout seul, enthousiaste et pas timide, parfois tout près. Seul ce con de p'tit pote m'inquiète, faudrait pas qu'il me dépose mon Troglodyte au pas de la porte en cadeau un beau matin. Ce chat n'a aucune poésie ni aucune sensibilité.

Sorti de ses interminables séances de glandage, il se prend pour un chasseur et a déjà définitivement fait fuir un écureuil qui s'était aventuré chez nous. Je lui ai sauvé la peau au rouquin, de justesse, mais pas con, il a fait passer le mot à tous ses copains, résultat : ni lui ni sa famille ne se sont repointés. En tout cas je ne peux pas passer ma vie à observer les bestioles du jardin, faut que je taffe. De toute manière, j'ai relativement retrouvé la forme. Je suis toujours sous chimio médicamenteuse, et surveillé comme le lait sur le feu par le biais de nombreux examens et rendez-vous. Je n'ai plus d'infirmière à essayer (vainement) de faire rire, Myriam ayant pris le relais de la comptabilité et de la ponctualité des pilules à avaler. Relai d'autant plus indispensable étant donné ma tendance à mélanger tout et n'importe quoi, oubliant systématiquement les horaires et les doses à ingurgiter. Je n'ai pratiquement pas d'effet secondaire, si ce n'est des douleurs de vieillard arthritique qui me font me déplier avec difficulté d'un voyage en voiture de plus d'une demie heure, quant à mon lever du matin, c'est un spectacle pathétique.

Si je n'avais près de moi cette délicieuse créature dont l'amour et l'aveuglement la poussent à me trouver très beau et très en forme, je pourrais facilement sombrer dans la déprime. Mais grâce à elle, ce n'est pas le cas.

À mon prochain rendez-vous avec mon professeur, il sera question de prolonger mon arrêt maladie. Je vais lui expliquer qu'il n'en est pas question, que je n'en ai ni les moyens ni l'envie, je veux retourner travailler.

— D'accord monsieur Pacôme, vous pouvez reprendre les

enregistrements en studio, j'ai bien compris que ce n'était pas tous les jours donc, économisez-vous et surtout ne conduisez pas.

— Ha ben oui mais si je ne conduis pas je ne peux pas aller bosser. Je vis en banlieue sud de Paris, la plupart des studios sont dans la banlieue nord.

— Vous pouvez prendre les transports en commun, il y a bien une gare près de chez vous ?

— Oui, à quatre kilomètres. Si je me tape les quatre kilomètres à pied, une heure et demie de transport, une autre marche de la station au studio, puis le retour, je ne vais pas m'économiser des masses.

— En tout cas vous ne pouvez pas conduire, vous risquez la crise d'épilepsie avec certains de vos médicaments.

— Je conduis déjà, j'accompagne Myriam à la gare en voiture tous les matins et je vais la chercher le soir. De plus je suis allé au concert des Cure, c'était vachement bien, il y avait des stroboscopes et un sacré Light show, si j'avais dû avoir une crise de bloblote bavouillante c'était le moment.

— Bien monsieur, mais soyez excessivement prudent, limitez vos trajets, et bien entendu, hors de question de rouler en moto.

— On dit rouler "À" moto. Et puis j'ai bien été obligé de faire un petit « run », j'ai une vieille Harley et il faut que ça roule régulièrement sinon les joints moteur s'abîment et ne sont plus étanches.

— Monsieur Pacôme ce n'est absolument pas raisonnable, promettez-moi de ne plus prendre la moto.

— Okdac !

Un mois après j'aurai retrouvé mon toubib pour mon contrôle.

— Tout va dans le bon sens, les métastases ont beaucoup diminué, on va continuer à baisser la cortisone. La Harley est restée gentiment au garage ?

— Je n'ai qu'une parole, je suis allé bosser, mais uniquement

avec la Kawasaki.
La dame souffle, entre lassitude et exaspération.
— Monsieur Pacôme, vous êtes conscient de ce que vous avez ?
— Ouais, crise de mauvaise foi aiguë.

19

## Les mobs

Forcément, elle ne peut pas deviner la toubib, à quel point c'est important pour moi de grimper à nouveau sur mes bécanes, d'ailleurs ne dit-on pas « remonter à cheval » pour évoquer un renouveau après un coup du sort ? Et me sentir à nouveau vivant, en pleine possession de mes moyens physiques et mentaux, passe par cette phase indispensable, car depuis mes 14 ans je m'imagine plus comme un centaure mécanique que comme un bipède athlétique. J'ai toujours eu des petites cannes, mais des motos entre les deux. Toujours très grosses, souvent très sombres, systématiquement bruyantes, elles ont été à un point d'égalité de mes obsessions pour les filles, voire intimement liées puisque les unes me donnaient l'assurance suffisante pour aborder les autres. Ma vision du motard, ce n'est pas simplement de posséder une moto, être motard c'est un look et une attitude, même à pied. Je n'ai jamais aimé piloter avec des vêtements trop techniques ou sportifs, et encore moins pratiques. Je leur ai toujours préféré un mix de vieux blousons de cuir de rocker ou d'aviateur de la seconde guerre mondiale avec des bottes santiags ou des bottes militaires réformées de la Wehrmacht que j'allais chiner aux puces de Clignancourt.

Mes casques, heaumes chevaleresque, furent souvent réduits à leur plus simple expression : des bols noir mat sur lesquels étaient fixés des Climax, vieilles lunettes d'aviateur aussi stylées qu'absolument inefficaces. Un bandana rouge sur le nez et des lunettes de soleil très sombres de jour comme de nuit venaient parfaire le tableau d'un faciès que je voulais anonyme et inquiétant (ma naturelle bonne bouille n'inspirant pas du tout le frisson). Une conduite de nuit et par temps de pluie représentait un vrai défi, le bandana trempé se collait au nez et à la bouche provoquant une quasi-asphyxie soulagée uniquement par des étirages de langue ayant comme objectif l'éloignement du linge assassin de mes orifices respiratoires.

Un poste d'observation réduit de 90% pour cause de lunettes fumées auxquelles venaient se superposer les fameuses Climax, bien plus larges, qui étaient supposées faire office de pare-brise alors qu'en fait... que dalle. Tous vêtements de pluie bannis d'office pour des raisons purement esthétiques, et ne portant qu'un jean Levi's hiver comme été, je suis souvent arrivé à destination, affichant sur la balance une dizaine de kilos supplémentaires de vêtements imbibés de flotte, gelé et quasi aveugle (car à un moment critique, il me fallait enlever les deux paires de lunettes et laisser la pluie me fouetter les yeux). Mais quand il faisait beau et sec, j'étais certain d'avoir la classe. Aujourd'hui je m'équipe plus sérieusement, je porte des vêtements adaptés, renforcés, souvent des casques intégraux, et dès que le ciel s'assombrit j'enfile une combinaison de pluie que pourrait m'envier n'importe quel éboueur peu soucieux de son apparence. Bref, je ne ressemble plus à rien, mais j'ai chaud, je vois bien et j'ai le cul au sec, ce qui avec l'âge devient une priorité. (Une merveilleuse soirée peut-être facilement gâchée par un fondement trempé).

Quatorze ans… c'était l'âge légal pour conduire une mobylette. Tout a démarré là, avec le prêt des mobs des copains pour faire le tour du quartier, ça été une révélation, un Graal, au même titre que mes mains baladées sous les sweat-shirts de mes premiers flirts. Mes plus grandes joies dans la vie ont aussi signé ma descente volontaire au royaume de la crétinerie monomaniaque : les filles, les mobs, les mobs, les filles. J'ai toujours dessiné, et je pense qu'à partir de la quatrième, mes cahiers de cours n'ont plus été noircis que par des esquisses de pin-up ou de mobylettes. Je n'en ramais pas une, ni en classe ni en dehors, je ne suis pas certain d'avoir rendu un devoir rédigé ailleurs que dans les chiottes pendant l'interclasse ou entre deux parties de flipper au bistrot à côté de l'école. Ma mère a cédé pourtant, et malgré un carnet de notes lamentable, j'ai obtenu ma première moto quelques mois avant mes quinze ans avec la promesse de remonter le niveau à la rentrée. Cette moto a viré à l'obsession. Je faisais des roues arrière devant le lycée, posais ostensiblement mon casque sur mon bureau pour bien montrer que maintenant j'étais un membre du gang des motards, séchais les cours pour d'autres cours de mécanique improvisée dans les garages de copains aussi branleurs que moi, et peaufinais mon allure et mon attitude de loubard mal embouché.

Six mois plus tard, je me suis retrouvé pour un long séjour à l'hôpital, une voiture m'ayant grillé la priorité et offert ma première médaille de guerre : une balafre sur toute la cuisse, une plaque de métal et des vis à l'intérieur pour soutenir le fémur broyé par la bagnole. Quand les pompiers m'ont transporté, je leur ai demandé : « N'appelez pas ma mère, faut pas l'inquiéter, elle joue ce soir ». Est-ce que c'était l'état de choc ? Ou est-ce que malgré mon carnet pourri et mes promesses non tenues j'étais un gentil môme. En tout cas, elle n'a été prévenue qu'après sa représentation, le chirurgien a minimisé mon état auprès d'elle au début, jusqu'à ce que soit vraiment sorti d'affaire. Ils ont sympathisé tous les deux, et puis à ma sortie de l'hôpital ils ont décidé de m'emmener faire une visite à Garches, là où les grands accidentés de la route font des courses de fauteuils roulants, histoire de bien me dégoûter. Nous y sommes allés, et puis ils m'ont laissé avec un groupe d'amateurs de vitesse qui pour certains ne marcheraient plus jamais, et pour d'autres avaient simplement quelques bouts en moins. Certes, être devenu manchot ou unijambiste complique le pilotage, mais quand on a un peu d'imagination... À l'impossible nul n'est tenu, sauf un motard.

Lorsqu'ils sont revenus me chercher, j'étais en pleine discussion passionnée avec mes nouveaux potes, entre la combustion comparée d'un carburateur simple ou double corps et les avantages ou inconvénients d'un turbo compresseur sur la dernière Honda Cx 650. C'était cramé, j'étais indécrottable.

Je discute avec Maman quelques années plus tard :

— Tu te souviens de ce beau toubib ? Le chirurgien qui t'avait opéré ?

— Ha oui je m'en souviens, une espèce de connard prétentieux qui faisait ses visites avec tout son staff derrière lui comme un pape, ni bonjour ni au revoir, il parlait aux autres de mon cas sans me regarder, comme si je n'étais pas là.

— Mais non, il était tout à fait charmant. Très gentil, très attentionné... j'ai eu une belle aventure avec lui.

— Quoi ? Pendant que j'étais en train de clamser, qu'on savait même pas si j'allais remarcher normalement un jour, toi tu t'envoyais en l'air ?!

— Holala ce que tu peux être excessif, on dirait ta mère, d'abord tu étais sorti de l'hôpital, c'était longtemps après et tu allais très bien.

— Mais vous étiez encore ensemble avec Sergio, pourquoi tu me racontes ça d'abord, je m'en fous de tes histoires moi.

— Mais parce que c'est marrant, qu'est-ce que tu peux être pudibond, je n'ai jamais été fidèle, c'est comme ça ! On peut rien te dire hein ? En tout cas, c'était une jolie histoire.

Je ne sais pas si ma mère aimait me choquer, me provoquer, ou si c'était le besoin de parler comme à un pote. On a pu rire ensemble de ses histoires, de ses « aventures », mais plus tard, quand j'ai pris un peu d'âge et de distance. Et puis lorsqu'elle les évoquait, c'était toujours drôle et paradoxalement, extrêmement pudique.

20

# Les filles, ça s'attrape avec une grosse moto et un air pas aimable

Pensais-je avec mon expérience acquise par l'étude attentive des magazines *Playboy* et *Moto Journal*. Je n'étais pas aussi idiot que je tente de le faire croire, mais assez complexé donc très peu sûr de moi, les circonstances et ma chère maman n'ayant pas arrangé les choses. Après mon accident j'ai boité un bon moment et ma jambe, déjà bien maigrelette à la base, était vraiment moche à voir, alors l'été d'après, j'ai pris une habitude que j'allais garder au moins une décennie : ne jamais quitter mon froc en présence de qui que ce soit. C'est ainsi que j'allais à la plage en blue-jean, ne le quittant que pour aller me baigner, et le remettant aussi sec... ou pas du tout sec.

Pendant pas mal d'années, j'ai réitéré le manège avec mes conquêtes, je ne quittais mon futal que sous les draps, ce qui n'était ni sexy ni pratique. Ajoutons à ça une taille modeste, un teint laiteux, une musculature de moineau et des cheveux bouclés incoiffables tirant sur le rouquin, je ne m'aimais pas beaucoup. Mais peut-être qu'une arrivée foudroyante au guidon d'une belle bécane pourrait rehausser le tableau auprès des filles ? Des chromes aveuglants sur une mécanique sombre et inquiétante devraient faire oublier les grotesques gambettes rachitiques qui les chevauchent, le casque aplatira mes boucles débiles et les lunettes noires planqueront mes émotions et ma timidité maladive. Le grondement du pot d'échappement libéré signera mon entrée et marquera les esprits. Une *Lucky Strike* derrière l'oreille, la manche du tee-shirt roulée sur l'épaule dévoilant un premier tatouage teigneux à souhait, je fus brillant et efficace pour me confectionner en deux coups les gros une vraie panoplie de petit con. La touche finale étant des cheveux cradingues et des ongles noirs de cambouis, j'étais moche mais ce coup-là je l'avais bien cherché. J'avais pourtant été un très joli petit garçon. Tellement joli que ma mère m'exhibait fièrement devant amis et photographes.

Et puis à quatorze, quinze ans, quand les enfants gracieux deviennent des adolescents à la peau grasse, que leurs rondeurs poupines laissent place aux échalas osseux et voûtés, on a droit à la classique réflexion : ça ne devrait pas grandir. Ce n'est pas que ma mère ne voulait pas me voir grandir, au contraire, elle m'a toujours reproché d'être trop petit. Pas de pot, la majorité de mes copains étaient tous immenses donc j'avais droit aux comparaisons désagréables. Les pires réflexions étant celles qu'elle trouvait suffisamment poétiques et originales pour être réitérées à maintes reprises comme : « Tu n'as pas tenu la promesse des roses ». Quand elle a enfin fait le deuil du petit prince de six ans aux boucles d'or, elle a voulu trouver les mots justes pour me réconcilier avec moi-même. Elle voyait bien que je n'étais pas en phase avec mon reflet alors elle m'a asséné (longtemps) : « T'es pas beau, mais t'as une gueule, c'est ça qui compte ». Aujourd'hui je suis entièrement d'accord avec elle, et je comprends à quel point une personnalité l'emporte sur des traits réguliers. Mais à 15 ans ! Tout ce que j'ai retenu c'est « T'es pas beau », et c'est con, mais ça marque.Maria m'a toujours parlé comme à un adulte, ne m'évitant ni certaines confidences embarrassantes ni jugements blessants. Si sa tendresse ne peut nullement être remise en question, son côté « sans filtres » a souvent fait des dégâts.

La belle maison, où j'ai grandi et où je vis aujourd'hui, a toujours été le théâtre de grandes fêtes et de réceptions chaleureuses. Pas beaucoup de gens « du métier », mais beaucoup de copains, les siens et énormément des miens. Maria qui était loin d'être une imbécile, avait pourtant la faiblesse de l'*a priori* physique et du tacle assassin. Elle avait un don pour rebaptiser les nouvelles têtes, les affublant de diminutifs ou de signatures accolées *ad vitam* : *Ton pote, mais si, le grand con, Ma belle plante, Le crado baisemain, Ma poupée de porcelaine, Le ténébreux, L'élément d'été, Mon beau tanagra, Machine, tu sais, la moche, Ta copine la réac, Le col Claudine, Le gros, celui qu'j'aime pas, L'endive, qu'est gentil mais couillon, Mister sciences Po, La môme qu'a un poids chiche, Couille molle, Ma beauté rousse, L'autre folle que j'adore*, etc. Les surnoms les plus péjoratifs souvent précédés de « ton » ou « ta », les plus gentils par « mon » ou « ma ». C'est sans doute pour cette raison que nous, les garçons de la maison, qui voulions plaire à Maria, avions tendance à lui ramener des « trophées », comme des chiens de chasse, car mieux valait se pointer avec « la belle plante » ou « la beauté rousse » qu'avec « la môme qu'a un pois chiche ». C'est comme ça que j'ai longtemps frayé avec des filles avec qui je n'avais rien à partager si ce n'est que je les trouvais jolies à présenter.

Mais comme je ne pouvais pas me voir en peinture, une fois déposée la passagère échevelée au pied de l'assemblée j'attendais l'approbation générale avant de me dire assez vite : une fille qui m'a choisi manque totalement de goût ou alors elle a une mauvaise vue ou pire, c'est pour de mauvaises raisons. Alors je la ramenais là où je l'avais trouvée sans prendre le temps de mieux la connaître. Aujourd'hui je suis persuadé qu'à de rares exceptions, la plupart d'entre elles, avec qui je me suis parfois très grossièrement comporté, ont été séduites par le piaf mal dans ses pompes, complètement largué qui roulait des mécaniques sur sa moto trop grosse. Je les avais peut-être attendries, mais la tendresse, ça me foutait les jetons, je confondais la tendresse avec la mièvrerie, l'amour avec la faiblesse.

C'est parfois très long de se réconcilier avec soi-même, ou tout du moins de s'accepter. Moi il m'a fallu quarante ans, mais j'ai du pot, parfois ça n'arrive jamais. Et puis j'ai trouvé un vague équilibre à cinquante, mais là encore j'ai de la chance, parfois ça n'arrive jamais. Mon rapport aux femmes à drastiquement changé et je suis bien plus heureux entouré de copines que de poilus. Avant j'avais peur qu'elles me renvoient à ma propre fragilité, quelle connerie. Avec le temps j'ai rencontré bien plus de filles à couilles que de bonhommes courageux, j'ai rencontré des *pin-up* qui n'avaient rien de fragile et des musclors qui étaient des lavettes. J'ai pris le temps de les connaître, cessé d'essayer de les impressionner. J'aime boire avec elles, rire avec elles, cuisiner avec elles, parler avec elles, bricoler avec elles, leur apprendre à conduire mes motos. J'ai hâte que ma fille soit grande et que nous soyons potes, j'essaierai d'être moins maladroit que ma mère, mais je le serai quand même. J'essaierai d'éviter les *a priori* mais j'en aurai quand même. J'essaierai d'éviter les tacles assassins mais j'en balancerai quand même. Je n'ai pas hérité des qualités de ma mère mais beaucoup de ses défauts, c'est comme ça.

2 1

## Mai 2023

Lilas ma fille va avoir quinze ans, et puis deux semaines plus tard j'en aurais cinquante-huit.Tout ça me dépasse, qu'elle puisse être déjà si grande et moi si vieux. On ne se voit pas beaucoup, on ne s'appelle quasiment jamais, ou alors simplement quand elle a besoin d'un truc précis, en général d'ordre matériel. Dans ces cas-là, j'en profite, on parle de l'école bien sûr, mais j'embraye sur sa vie. Elle aime quoi ? Elle voit qui ? Elle rêve de quoi ? Qu'est-ce qui l'amuse ? Qu'est qui la révolte ? Rien, je ne sais rien de rien, des bribes de phrases, des explications succinctes, comme si quelqu'un avait posé un interdit à ses réponses. Nous passons complètement l'un à côté de l'autre, pourtant j'essaie, je fais le max pour qu'on se comprenne. Nous n'avons rien en commun si ce n'est notre ressemblance physique, et même ça, je vois bien que ça l'encombre, elle préférerait sûrement hériter de sa mère, uniquement sa mère. Pourtant tout n'est pas à jeter chez moi, il y a plein de choses que je sais faire. Rien très bien, mais beaucoup un petit peu. Elle aime dessiner ? Je dessine. Faire du skate ? Je tiens encore dessus. Du ski ? Je lui ai appris. Faire des cookies ? On en a fait cramer ensemble… Et puis j'aime rire, j'aime bien les gens, j'aime les faire rire. Lilas est une des rares personnes que je n'arrive pas à dérider et elle se méfie du monde entier. Je rassemble des photos d'elle quand elle était petite pour les encadrer, et ça me serre le cœur de la voir rire ou sourire sur chacune d'elles, comment cette petite bouille radieuse a-t-elle pu devenir si dure ? Je me raccroche aux rares souvenirs de complicité quand sa fraîcheur et son sérieux me faisaient m'esclaffer.

— Papa, tu sais je ne suis pas tout à fait fixée concernant la religion.
— C'est-à-dire ?
— Hé bien, je ne sais pas encore si je suis athée ou astigmate.

Et puis cette fois où, elle qui n'aime pas les insectes, elle avait décidé d'adopter une fourmi. Fourmi particulière choisie parmi la multitude, fourmi unique baptisée Jean-Pierrette. Là, je me suis dit : voilà ma fille. Appeler une fourmi Jean-Pierrette sans aucune autre raison que la joie absurde que suscite son évocation, voilà ma fille. J'essaie de gommer avec peine tous nos conflits, nos engueulades bruyantes et ses jugements terriblement sévères à mon encontre. Je regarde les photos de ma petite souriante, je pense à Jean-Pierrette, et je me dis qu'il doit suffire d'un rien pour qu'on se rapproche. Il m'a beaucoup inspiré mon petit Lilas, un Lilas au masculin comme la fleur, pourtant c'est bien une fille, une très jolie petite fille, et ça a commencé par un petit poème, lorsque le destin a voulu que sa mère me la confie en catastrophe, à la veille de la rentrée des classes, j'avais écrit…


*ELLE VIENT VIVRE AVEC MOI.*

*Y a une p'tite meuf qui revient dans ma vie,*

*Une belle mouflette, une chouette souris.*

*C'est pas qu'on était fâchés,*

*Pas de dispute, pas contrariés,*

*Simplement loin, trop éloignés.*

*Quand elle m'a dit que la sienne de vie*

*Elle s'verrait bien de la faire ici,*

*J'ai pas moufté, et j'ai dit oui.*

*Y a une école, un chat débile,*

*Une belle maison qui a du style.*

*J''suis pas du tout le gendre idéal,*

*Et comme julot, j'me débrouille mal,*

*Mais comme daron, j'suis pas le plus con,*

*Et comme papa, j'me défile pas.*

*Y a une p'tite meuf qui porte mon nom,*

*Onze ans à peine, un p'tit canon,*

*Un beau Lilas dans mon jardin,*

*Et que j'attends, ça va être bien.*

Et puis il y a eu l'enchaînement avec cette foutue école.

## *RENTRÉE*

*Rentrée des classes avec un peu de retard demain... réveil à 6h30.*

*Je flippe ma race, la 6ème c'est pas pour les minus.*

*Tout est ok, les fringues, la bouffe, la piaule, même le chat la joue sympa.*

*Tsunami d'émotions contradictoires, brutalité des décisions, des responsabilités, déluge de réalités administratives, d'organisation....*

*Faut que j'achète un casque intégral version X small et que j'installe un top case sur mon bike pour fourrer un cartable (c'te honte...un top case sur ma belle bécane !!)*

*le p'tit con qui l'emmerde : je le fume.*

*Le petit con qui la drague : je le fume.*

*Elle ?*

*Elle est cool.*

*Elle est sereine (en apparence).*

*Elle me cache bien son stress de se retrouver toute seule avec son père aussi plein de bonne volonté que désemparé devant l'ampleur de la tâche...*

*Elle, elle me balance une bonne leçon de coolitude dans les dents.*

*Ce ne sera pas la dernière.*


Des petits mots griffonnés, des impressions d'elle et moi dans la maison…
*PÈRE ISOLÉ*

*Le père (ou la mère) « parent isolé », qui s'est levé en pleine nuit (quand il fait encore nuit... c'est la pleine nuit), pour préparer le petit déj, a vérifié le cartable, la tenue adéquate, le brossage des dents, qui va bosser, fait un crochet chez Ikea pour meubler la piaule, fait les courses, une machine à laver, un poil de repassage, prépare le goûter, se cogne les devoirs, prépare le dîner, et s'amuse à poster des conneries sur Facebook est un escroc.*

*Un putain de menteur. Y a un truc qu'il a pas fait... ou il s'est fait aider.*

## À TABLE LILAS !

— *On mange quoi papa ?*
— *Poulet et frites.*
— *YEAAAH !!... Ben, et toi ? T'en manges pas des frites ?*
— *Non, moi je fais poulet et salade verte.*
— *... ta vie elle est un peu pourrie quand même.*

## MENUS

*Ma fille est particulièrement difficile avec ce que je lui propose à manger, à l'instar du chat, les deux commencent à me fatiguer. J'ai échangé leurs plats. Contre toute attente j'ai noté une satisfaction de chaque côté. Je vais préparer une tête de veau pour le chat et moi, Lilas grignotera ses croquettes Friskies devant ses devoirs.*

## CULTURE GÉNÉRALE

*Non Lilas, Marguerite Gautier n'était pas tout à fait une pute. Alexandre Dumas la présente plutôt comme une courtisane même s'il est vrai que la différence est subtile. Que je t'explique mieux les phases du cycle menstruel ? Quel rapport ?...Ha oui... la dame aux camélias. T'as pas un Mickey parade à finir plutôt ? Parce que moi là, heu...*

## MÉFIANCE

— *,Tu vas où avec ta moto papa ? Tu sors ?*
— *Je vais faire le tour du monde avec un pote, je reviendrai*

*dans un an ou deux, ou jamais plus.*

*Ha ok, bisou.*
*Soit elle a beaucoup d'humour, soit il faut que je me méfie. Mais plus certainement, elle n'écoute pas un mot de ce que je dis.*


*TU PEUX T'ACCROCHER AUX BRANCHES !!*

*Certainement pas de sapin cette année c'est pas la peine d'insister. Je t'ai déjà expliqué que j'en avais ras le bol de cette tradition à la con, de ces décorations puériles qui viennent bouleverser l'harmonie subtile de mon salon. Non, ni un vrai ni un faux, ni en plastoc ni en bois recyclé, rien de rien, je m'en fous totalement que partout ailleurs chez tes copines ils s'imposent de leurs clignotements grotesques de fête foraine. Pas de ça chez moi, plus de ça chez moi, niet, finito, the end, nada, peau de zobi, aux oubliettes la vulgarité du résineux déguisé comme une pute à dix balles, tu ne m'auras pas, tu ne m'auras plus, tel un roc millénaire campé sur mes convictions, certain de mon bon goût, méprisant de la culture populaire et des habitudes, insensible à tes supplications et bien bien bien au-dessus de tes atermoiements d'enfant bêtement esclave des conventions... C'EST NON !!*

*Tu pensais avoir à faire à qui ? Un papa gâteau qui accroche les grelots pour son marmot ??? Mauvaise pioche, gamine, tu sais pas qui c'est Raoul. Tu fais la gueule ?... T'es fâchée ?...De quelle taille tu le voudrais exactement ?*


*PISCINE*

*— PAPAAAAAAA... y a une abeille dans la piscine faut virer cette saloperie !*

— *Non mais ça va pas de hurler comme un putois à cause d'une abeille ? Il faut surtout la sauver, c'est une merveille en danger, un symbole de la bonne santé du jardin, grâce à elle nous avons toutes ces fleurs fantastiques qu'elle pollinise patiemment avec son obstination de petite ouvrière acharnée, elle représente le fier étendard de la nature qui lutte contre la folie de l'homme, elle est... SA MÈRE LA PUTE ELLE M'A PIQUÉ !! Je vais bétonner cette connerie de jardin pour faire un garage à motos, ça va pas faire un pli.*

## LE CHOIX DE LILAS

— *Disneyland ? Alors là plus jamais, je ne céderai pas.*
— *OK, on fait quoi alors ?*
— *Je te laisse tous les choix possibles, en truc chouette il pourrait y avoir la maison du peintre Monet à Giverny.*

— *Ouais heu bof heu sinon ?*
— *La casse moto de mon pote Raoul dans le 93, mais faut rester près de moi à cause des chiens d'attaque qui bouffent tout ce qui passe à portée et des gitans qui kidnappent les blondinettes et les envoient sur le tapin en deux coups les gros.*

— *Heu... le peintre à Givenchy ça a l'air bien.*
— *C'est bien ma fille, bon instinct.*

*LA COURTOISIE DE LANA*

*Dépôt de la naine à l'école et enchaînement intelligent d'organisation, avec les courses. Pas passionnant. Personnellement je me passerai bien de manger mais la môme va faire la gueule sans sa ration de corn flakes et le greffier idem sans ses croquettes. Mon environnement immédiat est désolant de priorités ordinaires. Pour mieux rester dans mon rôle de père de famille responsable et singer un semblant d'intérêt culturel, je laisse dérouler le programme radio de France Inter dans la voiture. Il s'agit bien évidemment d'un rôle de composition puisque dès que j'en ai l'occasion je n'écoute que du rock bruyant et hors d'âge en secouant la tête. Courses finies, je continue sur Inter me laissant bercer par Augustin Trapenard et son invité d'une oreille distraite. Rangement des victuailles dans la cuisine, j'allume la radio qui prend le relais de celle de la voiture. Mon oreille se fait moins distraite...mais qui est donc cet invité qui se désole des gouvernements successifs en Afrique, regrettant les bienfaits, que l'on se doit de reconnaître, des colonies ? Comment Augustin Trapenard peut-il continuer d'acquiescer avec gentillesse et déférence aux propos de cet ancien militaire (car s'en est un). PUTAIN DE BORDEL DE DIEU!! La môme a tripoté le poste, cherchant sûrement une station qui pourrait lui fourguer sa dose de Lana Del Rey, et n'a rien trouvé de mieux que de le laisser sur Radio Courtoisie, les fachos cathos. Soit cette monstresse cherche délibérément à me faire sortir de mes gonds. Soit elle est bête à manger du foin : Radio Courtoisie n'a jamais programmé Lana Del Rey.*

*WARLOCKS*

*— Tu veux aller voir les Warlocks avec moi à la Maroquinerie ?*

*— C'est quoi les Warlocks ?*

— *Des rockers bruyants.*
— *C'est quoi la Maroquinerie ?*
— *Un temple pour rockers bruyants.*
— *Dac...*
— *Je te préviens, y aura pas Lana del Rey en invitée surprise.*
— *T'es bête, je sais bien.*
— *On sort entre grands alors ?*
— *Dac.*
— *Y a une petite salle à côté où on pourra manger avant le concert un plateau de charcutaille ou de fromages, et puis un verre de vin et un Coca pour toi.*

— *Je pourrai avoir un verre de vin aussi ?*
— *T'as vu la vierge ou quoi microbe ?*
— *Ben t'as dit qu'on sortait entre grands...*

C'était une bonne soirée avec ma môme. Elle a eu deux Cocas et elle a bien aimé les Warlocks. Je ne suis pas parfait, mais je fais le job.


UN DIFFÉREND

*J'ai eu un léger différend avec mon enfant hier. Elle s'est mise à hurler comme un gorel qu'on égorge et à voulu me trucider (elle est vicieuse). J'ai bramé comme un cerf majestueux et ai pensé à la découper en morceaux (je suis plus fort). Nul voisin n'est intervenu pour couper court à un massacre prévisible et audible à 10 km à la ronde. L'habitude que j'ai de nettoyer ostensiblement mon 45 devant la fenêtre y est peut pour quelque chose. Le pugilat s'est terminé en paisible fabrication de cookies ratés, puis en visionnage d'un Disney (raté lui aussi). Ce matin elle fait ses devoirs et m'appelle pour un peu d'aide et de requêtes de bisous énamourés (c'est tellement rare que je fais une énorme croix sur le calendrier). Je ne pense pas un jour m'habituer à la schizophrénie violente, à la psychopathie lunatique de la famille Pacôme, je sais ne pas être exactement un ange et ne pas bénéficier d'une patience bouddhiste ni d'une bienveillance religieuse, je sais aussi que pour obtenir mon respect il faut parfois me tenir tête. Mais bon… une pointe de sérénité, une once d'harmonie pourraient aussi m'éviter la perte de cheveux et l'ulcère imminent qui me guettent.*

FAUT PAS ME LA FAIRE
*Ça a commencé de manière insignifiante, presque normale…*
— *J'ai eu de bonnes notes ce mois-ci, je suis contente, ma moyenne remonte.*
*Une façon d'endormir le blaireau, mine de rien.*
— *Tu veux que je mette ça au lave-vaisselle ? T'as vu ? j'ai mis la table.*
*Jusqu'à la touche de trop, la maladresse de débutante :*
— *Il est bon ce poisson, je peux avoir encore des légumes papa chéri ?*
— ARRÊTE DE ME PRENDRE POUR UN JAMBON ET DIS-MOI OÙ T'AS PLANQUÉ TON LABO DE METH !!!

TENDRE PARTAGE
— *C'est quoi donc que t'écoutes ? Que je demande à mon enfant.*
— *C'est du rap américain, tu connais pas.*
— *Heuuu… peut être bien que si.*
— *Non, toi tu n'aimes que les chanteurs morts.*
*… (réflexion de ma part et décision)*
*Échange d'enfant, bon état, peu servi et peu serviable, contre n'importe quoi.*

UN DOUTE
*18,5 à ton contrôle de math?? Mais ça parlait de quoi? Du?...Théorème de Pythagore? T'as copié sur qui?... Hein?...Tu as?...travaillé???*
*Je savais bien que cette môme n'était pas de moi.*

P'PA, KESTUFAIS?
— *Je bosse.*
— *Tu mens, kestufais?*
— *Je fais de l'administratif, c'est sérieux.*
— *Tu mens, kestufais?*
— *Je te défends de dire que je mens.*
— *Kestufais menteur?*
— *Je regarde des vidéos de chatons rigolos.*
— *Ouais c'est ça, avec des grosses motos et des filles en maillot.*
— *Lâche-moi un peu, tu veux quoi?*
— *On va à la salle de jeux? Je te prends au baby-foot.*
— *Je n'ai pas le droit de conduire.*
— *Menteur, tu conduis ta voiture, tu prends pas la moto seulement parce qu'il pleut.*
— *Je fais ce que je veux et je ne suis pas un menteur, en plus je suis certain que t'es une quiche au baby-foot, c'est un truc de bonhomme.*

Elle m'a mis une tôle au baby-foot, et en plus il pleut.

MOUFLETTE CONFINÉE

*À un moment, t'as beau lui raconter que tu as fait partie d'un gang de motards égorgeurs de grands-mères, que tu as un statut, de l'amour propre, un rang à tenir, qu'il ne faut pas te marcher sur les roustons, que tu as passé l'âge des blagues foireuses et qu'à propos d'âge le tien inspire le respect...*

*Si ta mouflette confinée veut absolument te faire un maquillage de princesse, et bien tu y passes, tu baisses les bras, tu abandonnes. Bon... Il est où le démaquillant ?*


## COUCOU PAPA

— *Arrête avec tes « coucou » c'est énervant, dis bonjour ou salut.*

— *C'est pour moi le pain au chocolat ?*
— *Je l'ai acheté pour le chat mais il n'en veut pas.*
— *Ben merci alors. Au fait, c'est quoi ces papiers que tu a déposés sur mon bureau ?*
— *Des places pour l'autre pouffe là, Lana Del Rey, elle vient en août à Paris.*
— *Hooooo merci merci merci.*
— *De rien, remercie ce beau ciel d'hiver, c'est lui qui m'a rendu de bonne humeur.*

— *Quel rapport avec le pain au chocolat et le concert ?*
— *Pourquoi devrait-il y avoir systématiquement un rapport entre les choses ?*

— *C'est drôle comme tu ne sais pas être gentil autrement qu'en grognant.*

— *Bouffe ton pain et planque tes places, si un nuage se*

*pointe je pourrais facilement revendre les deux.*

## PUNI

*Ma fille a été absolument scandalisée que je puisse parfois parler d'elle pour faire sourire dans mes chroniques. Elle m'a défendu de recommencer. Quant au concours photo « apéro coquin » diffusé en mode « public », j'ai eu droit à un sermon culpabilisant qui, sur l'instant, a coupé la chique à mon habituel sens de la répartie. Faudrait quand même pas intervertir les rôles, c'est moi l'adulte, je fais ce que je veux. Dès que la punition sera levée et que je pourrai sortir de ma chambre, elle va m'entendre.*

## SCIENCES ÉCONOMIQUES ET SOCIALES

— *P'pa, tu peux m'aider ?*
— *Bien sûr mon chaton, c'est quoi ton problème ?*
— *J'arrive pas bien à différencier le PIB nominal et le PIB réel.*
— *Ha ben alors attends, c'est fastoche parce que… heu, je peux voir ton cours ?*
— *Tiens c'est là, mais ça, c'est la deuxième partie.*
— *Ha oui, oui mais il me faut la première partie aussi parce que je ne voudrais pas avancer trop d'âneries avant d'avoir tout lu hein…*
— *Ça y est ? T'as tout lu ?*
— *Oui oui… oui oui oui.*
— *T'as tout compris ?*
— *Heu… refile-moi le deuxième cours pour voir.*

*— C'est bon ?*
*— Je peux revoir le premier ?*
*— T'as rien compris hein ?*
*— Bah ? Non mais ça va pas bien toi ? Bien évidemment que j'ai tout capté, c'est enfantin, faut se concentrer un peu ma grande, je ne vais pas faire tout ton boulot à ta place, c'est quand même un monde ça !*
*— Tu t'en vas ?*
*— J'ai des tas de trucs à faire, sois un peu focus sur tes leçons c'est d'une simplicité biblique si on est un tant soit peu studieux.*
*— Papa ?*
*— Ouiiii… quoi encore ?*
*— T'as rien compris hein ?*
*— Non, rien.*

## SALOPERIES DE MÔMES

*Les enfants c'est chiant. C'est stressant, horripilant, inquiétant, culpabilisant, fatigant. Et puis ils se cassent pour une semaine et ce devrait être une libération. Gueule de bois autorisée, partouze à la maison fantasmée, grasse matinée café/alka seltzer programmée. Et puis au lieu de ça on se retrouve comme un con à finir les poissons panés et les riz au lait. Bêtement en manque, un peu vide. Les enfants c'est chiant. C'est addictif comme la meth, et pourtant c'est pas toujours la fête. Les enfants c'est chiant. C'est moins marrant que l'alcool, pour un rien on a le cœur qui s'affole. Et puis on les fourre dans l'avion pour se retrouver avec un doudou oublié et le moral dans le caleçon.*

Au bout de deux ans de vie commune, Lilas est repartie pour de bon, avec la même brutalité qu'elle m'avait été confiée, elle m'a été retirée.

Lilas est partie et nous étions fâchés aussi, et c'était ça le plus triste. Plus de disputes, plus de conflits, plus de devoirs, plus de sorties, plus de réflexions sur la cuisine mais surtout un sentiment de vide immense, de gâchis absolu, de tristesse infinie, j'écrivais…

## LILAS EST PARTIE

*J'ai nettoyé mon réfrigérateur. Personne ne peut soupçonner comme l'apparente vacuité de cette tâche peut-être réconfortante, on a l'impression de maîtriser au moins un truc. Je l'ai au préalable débarrassé de ce que je ne consomme pas et me devient tout à fait inutile comme le lait, les crèmes desserts, les bâtonnets de poisson pané, les boissons sucrées. Et puis j'ai rangé mes placards aussi. Vidé des corn flakes, Fingers, Mikados, Choco BN, bonbecs… j'ai fait place nette. Je ne me suis pas encore décidé à transformer la chambre d'enfant en chambre d'amis. Sait-on jamais, peut-être voudra-t-elle revenir en vacances ? Pas certain. Je savais que la situation était provisoire, mais je ne m'attendais pas à la brutalité de l'échéance. C'est très triste d'être fâché avec son enfant et d'être confronté à son désamour. Tous les parents le savent : on fait ce qu'on peut, avec tout notre cœur, et puis souvent on se plante.*

Lilas est partie, elle revient de temps en temps. Si nous parlons un peu plus, nous nous comprenons de moins en moins. Elle a le temps pour elle, moi je suis moins confiant sur celui qu'il me reste, mais je crois qu'elle s'en fout un peu. Les copains mettent ça sur le compte de la pudeur ou de l'autoprotection, moi je sens bien que c'est de l'indifférence. Parfois je me dis que tant pis, que j'ai fait le job, qu'on est pas obligé d'aimer ceux de son sang, en tout cas on est pas obligé de les aimer tout le temps. Plus tard, peut-être ? Quand elle aura fait le tri entre ce que lui dit sa mère et ce qu'elle ressent réellement. Il y a quelques jours elle était avec moi lors d'un reportage sur la maison et à l'occasion d'un portrait de sa grand-mère Maria. Elle était là par curiosité et c'était surtout un alibi pour manquer l'école, mais elle ne voulait surtout pas apparaître à l'image, et m'a demandé de ne pas la citer pour qu'on ne fasse pas le lien entre nous... sic. Boum, prends ça dans les gencives. Moi, un peu taquin, j'ai décidé de faire intervenir mon ex-femme et Myriam dans le reportage. Parce que les deux aimaient beaucoup Maria et qu'elles pouvaient parler joliment du passé et puis aussi pour prouver à Lilas qu'on peut ne plus être ensemble et continuer à avoir des rapports normaux, voir amicaux entre anciens et nouveaux, elle ira raconter ça à sa mère.

— À Ballainvilliers il y a eu un reportage, ben Papa il a invité son ex-femme à intervenir dessus.
— Agnès ? Alors là... et Myriam elle a dit quoi ?
— Ben rien, elles s'entendent bien, Agnès est même restée deux jours...
Boum, prends ça dans les gencives !

## 22

## Échanges... solitaire

— Alors mon p'tit pote, ça glande sévère ?
— Pas plus que toi mon vieux.
— Maria n'avait pas tort, t'es beau mais tu sers à rien.
— Hé ouais, mais moi au moins j'suis beau.
Quel con ce chat, pas câlin pour un rond, vraiment pas malin non plus, et d'une vanité…beau, beau et con à la fois chantait Brel.
— Donc tu parles au chat et tu te parles à toi même en plus ?
— Salut M'man.
— Et t'es même plus étonné quand je me pointe ?
— Bof, y a plus grand-chose qui m'étonne, et puis j'ai pris l'habitude de bavarder avec tout ce qui me tombe sous la main à force d'être tout seul dans la maison, même avec mes motos.
— Oui mais ça, c'est pas nouveau, tu l'as toujours fait, je t'ai même vu les embrasser.
— Ha merde, ça j'aurais préféré le garder pour moi.
— Tu parles dans le jardin aussi, à qui ? Aux oiseaux ou aux plantes ?
— Je parle au cèdre, le grand cèdre du Liban qui étend ses

branches jusqu'au-dessus de ma chambre. Parfois dans mon lit je le vois par la fenêtre qui bouge avec le vent dans la nuit, un peu inquiétant, presque hostile, et puis dans la journée c'est le contraire, je le trouve très rassurant et protecteur, alors je lui parle, je me confie comme auprès d'un vieux sage.

— Ben dis donc ça va pas mieux, c'est les médicaments ou le rhum ?

— Ni l'un ni l'autre, parfois les deux.

— Ha bah bravo, tu sais que l'alcool c'est très mauvais pour ce que tu as ?

— Je sais, mais je fais gaffe, j'ai drôlement levé le pied.

— J'ai vu, je sais que tu fais attention, et puis Myriam te surveille. En tout cas le jardin est superbe, vous vous en occupez très bien, je vous ai vu jardiner, tu m'as tuée.

— Moi je t'ai tué ? Tu t'es tuée toute seule, moi je t'ai tenu à bout de bras autant que j'ai pu.

— Que t'es con. C'est vrai que tu as été très mignon, tu t'es beaucoup occupé de moi, je n'ai pas eu l'occasion de te remercier. Mais avoue, c'est mieux comme ça non ? Moi j'en pouvais plus, j'étais devenue moche et fatiguée, et puis je voulais que tu retapes la maison, que tu la gardes, j'en avais marre que tu fasses l'infirmière pour moi.

— L'infirmier.

— Oui, l'infirmier, tu m'as comprise. En tout cas je suis contente, je te vois te démener comme un fou pour la rendre belle, c'est réussi. Mais tu ne reçois pas beaucoup, c'est dommage, elle aime ça la maison, elle est faite pour ça.

— Ben depuis ton départ il y a eu le covid, le confinement, heureusement qu'on était là tous les trois avec Myriam et Lilas, ça été plutôt agréable à vivre, mais on a vu personne forcément, et puis après je suis tombé malade, j'avais pas trop envie de voir du monde et je me suis rendu compte que pas grand monde avait envie de me voir non plus.

— Tu dis des bêtises, t'as plein de copains, d'ailleurs votre mariage était superbe, j'étais très contente que vous fassiez ça dans le jardin, je vous ai trouvé très beaux, et puis tu n'étais pas déguisé comme la première fois, tu as enfin trouvé quelqu'un qui sait t'habiller.

— Ouais, ç'a été un joli point d'orgue avant ma dégringolade physique, mais c'est un beau souvenir, on était vraiment heureux.

— Pourtant tu sais à quel point je suis contre le mariage, déjà pour ton premier j'étais atterrée, mais pour celui-là j'étais ravie, il ne reste plus que toi et ta fille pour porter notre nom, c'est bien que la môme aussi s'appelle Pacôme.

— C'est Myriam que tu appelles la môme ? Je te signale qu'on a le même âge.

— Tu sais bien que j'appelle mômes tous ceux qui sont plus jeunes que moi, et ça fait du monde.

— Tu m'étonnes, cent ans cette année, tu te rends compte ?

— Qu'est-ce que tu racontes ? Ça va pas bien dans ta pauvre tête de malade ?

— Ben si, fais le calcul.

— Tu m'emmerdes, d'abord je n'ai plus d'âge, et d'ailleurs je n'en ai jamais eu. Et mon Florent avec sa femme ? Et ta fille ? Je ne les ai pas vus au mariage.

— Je me suis fâché avec eux juste avant.

— Avec ton plus vieil ami ? Avec ta fille ? Mais c'est pas vrai ça, t'as vraiment un caractère de merde, on se demande de qui tu tiens.

— Devine.

— Ha non ! Certainement pas de moi, j'ai toujours su garder mes amis et j'ai toujours pris soin de ne jamais me fâcher avec toi.

— Ha bon ?

— Oh je t'en prie hein, tu vas remettre ton ironie dans ta poche avec ton mouchoir par-dessus, j'ai le sens de l'amitié, point.

— À ce propos, et Sergio ? Il est avec toi ?

— Ton père ? Il ne me lâche pas ce vieux machin, bien sûr qu'il est avec moi, tu lui parles plus souvent qu'à moi d'ailleurs.

— Je ne lui parle pas, j'essaie de prendre conseil auprès de lui quand je bricole ou que je dois prendre une décision.

— Et il ne te répond pas bien sûr. Il n'a jamais été foutu de dire ce qu'il fallait au bon moment, tu ferais mieux de me les poser à moi les questions.

— Concernant le bricolage ou les bonnes décisions ? Je ne suis pas certain...

— Tu recommences avec ton ironie et tu me fatigues.

— Il va bien le Sergio ?

— Quelle question idiote, il va pas bien il est mort. Disons qu'il est comme moi, il se promène. Mais il est en paix lui, bêtement béat cet imbécile.

— Et pourquoi t'es pas un peu en paix toi aussi ?

— Mais parce que, parce que, je ne sais pas moi, d'abord je m'inquiète pour toi.

— Ha bon ? Faut pas. Tu vois bien, ça va.

— Non ça va pas, je vois bien que ça ne va pas. Tu travailles pas comme tu voudrais, t'es emmerdé avec ta fille, sa mère te bouffe la vie, t'es angoissé, anxieux, ça va pas quoi.

— Ben pourtant c'est la période la plus heureuse de ma vie.

— Hé ben mon vieux, il était temps. Enfin, heureusement que t'as la môme près de toi.

— Myriam ?

— Mais oui Myriam, pas ta fille. J'ai bien vu que tu faisais ton max avec ta môme, mais y a rien à faire, elle ressemble trop à sa mère.

— Quelle môme ? Lilas ?

— Ho tu m'épuises, Myriam, Lilas, tu sais très bien de qui je parle quand je dis la môme, t'es chiant François, tu me cherches.

— Et pour ma santé ? Tu t'inquiètes ?

— Hein ? Mais pourquoi je m'inquiéterais ?

— Ben je sais pas, t'es un peu au courant non ?

— Tâche d'être heureux et tout ira bien, c'est ta pauvre tête qui te rend malade, OK ?

— OK.

— Bon, je vais retrouver ton père, il m'attend avec un plateau de fruits de mer.

— Ha bon ? C'est vrai ?

— Tu y crois ?

— Je ne sais pas, ce serait joli.

— Alors c'est que c'est vrai. Salut bonhomme.

— Salut M'man.

23

## « Si t'avais été homo tes petits copains auraient été aux petits soins pour moi.... »

Dans toutes les provocations de Maria il y avait toujours un fond de sincérité. Oui, elle se savait très aimée des homos. Oui, elle aimait beaucoup qu'on lui rende service et qu'on fasse les choses à sa place. Oui des copains homos très fidèles lui ont souvent facilité des tâches. Mais non, elle n'aurait pas bien vécu que je le sois. Ce qu'elle aurait aimé c'est me choisir une copine sur mesure qui corresponde à ses attentes et à ses besoins à elle, rien que pour elle, belle à présenter, brillante et drôle, avec qui elle pourrait sortir, parler bouquins, avec la juste dose d'intelligence et de goût pour les futilités, qui l'aime avant tout, elle. Et qui accessoirement puisse me plaire.

En tout cas, son fameux instinct auto revendiqué ne la trompait pas souvent, même si ça m'énerve beaucoup de le reconnaître. Elle n'avait aucun pif pour comprendre pourquoi je choisissais qui, et ce qui pouvait fonctionner entre nous. En revanche, elle savait très vite capter la vraie nature des gens, ce qu'ils avaient de vrai, d'intéressant, ou ce qui n'était qu'une vitrine. Elle n'était absolument pas sensible à la flatterie ou aux compliments et voyait les courtisans se pointer avant même qu'ils aient ouvert le bec, et comme j'ai un peu hérité de ce flair, nulle courtisane à la maison. Attention, quand je dis que Maria n'aimait pas les compliments, il était tout de même essentiel de lui dire qu'on l'aimait beaucoup et que sa maison était magnifique… la base, le sésame.

J'ai été très inconstant, mes histoires ne duraient pas longtemps, mon manque total d'assurance me poussait à vouloir séduire tout ce qui portait une jupe, Écossais à biniou mis à part. Jolie, pas jolie, bel esprit ou nigaude, je draguais d'abord et réfléchissais ensuite, m'enflammant et m'éteignant avec la même fulgurance. J'avais très envie d'une belle histoire, fantasmais énormément, mais finissait systématiquement lassé. Amoureux, je me faisais plaquer, car amoureux je devenais insupportable. Inquiet à tout bout de chant, d'une jalousie maladive, laissant toute forme d'esprit au vestiaire. Un boulet. Il me fallait le juste milieu : une qui me plairait, mais pas assez pour me rendre idiot.

2 4

# Agnès

J'ai rencontré Agnès ma première femme, sur un balcon. Le balcon est une constante chez moi, j'y ai aussi rencontré Myriam, mais c'était un autre balcon et à une autre époque. Agnès était à moitié cinglée. Une moitié de folie sympathique, très attirante, l'autre absolument ingérable et invivable. Nous étions tous deux invités à l'anniversaire d'une connaissance commune, et comme à mon habitude, pétri de timidité et socialement inadapté, j'éclusais whisky sur whisky en fumant cigarette sur cigarette à l'endroit ou on était le moins susceptible de venir m'emmerder : seul sur un tout petit balcon. La première fois que Maria a vu Agnès, elle l'a qualifiée de « spectaculaire ». C'est ça, Agnès était spectaculaire, un peu dans le style Rita Hayworth dans « Gilda ». C'est donc cette rousse flamboyante qui est venue aborder le ronchon enfumé et imbibé sur son perchoir. Nous étions tous les deux comédiens, invités chez des comédiens, entourés de comédiens, nous nous sommes forcément interrogés sur nos actualités respectives. Agnès avait déjà tourné des films, je l'ai reconnue immédiatement. Moi j'avais fait quelques téléfilms, quelques pubs et du théatre, elle m'a immédiatement pas reconnu.

— Et toi ? Me dit-elle qu'est ce que tu fais en ce moment ?
— Je joue au théâtre de l'Eldorado, une comédie de boulevard.
— Ha oui ? Comment ça s'appelle ?
— Une rose au petit déjeuner.
— Ha, mais je l'ai vue, pas plus tard que la semaine dernière, tu joues quel rôle ?

Je jouais le rôle principal, rien de moins, elle avait vu la pièce et ne se souvenait absolument pas de moi. J'ai évité de lui demander si ça lui avait plu, car je pense qu'elle a dormi pendant tout le spectacle. Nous nous sommes revus, et je l'ai très vite invitée à venir déjeuner à la maison pour la présenter à tout le monde du style : « Hé ! regardez ce que j'ai attrapé ! » Et puis je l'ai oublié à la porte d'Orléans. J'ai oublié notre rendez-vous. Personne n'avait jamais oublié un rendez-vous avec Agnès. On s'était donné rendez-vous porte d'Orléans et je devais passer la prendre à moto, j'ai totalement zappé. Pourquoi ? Je ne sais pas. On allait se mettre à table quand elle m'a appelé au téléphone.

— Mais qu'est-ce que tu fous ? Je t'attends.

Je pense avoir battu le record de vitesse Ballainvilliers/Paris, Paris/Ballainvilliers pour enfin déposer la dame auprès de l'assemblée, face au poulet dominical. C'est là que quittant son casque intégral pour libérer une belle et longue tignasse bouclée, comme dans une publicité pour un shampooing elle déclara : « La moto c'est pratique mais c'est chiant pour les cheveux ». Un slogan que Jacques Séguéla n'aurait pas validé mais qui a pourtant laissé mes potes les bouches pendantes et les airs niais. Au théâtre il est essentiel de soigner son entrée et sa sortie, Agnès qui était une actrice avait réussi son coup. Elle s'est immédiatement comportée avec la décontraction de celle qui avait toujours été des nôtres et Maria fut tout de suite séduite. D'abord parce qu'Agnès lui a dit qu'elle l'admirait beaucoup, et puis qu'elle a ajouté qu'elle adorait sa maison. Elle levait le coude comme personne et avait un bon coup de fourchette, le tout en affichant une silhouette irréprochable. De l'humour, de la gouaille, un goût pour la décoration et une carrière de comédienne déjà conséquente, elle remplissait pas mal de cases pour plaire à la matriarche.

Mes copains étaient plus circonspects : elle est trop bien, ça cache quelque chose, pis surtout qu'est-ce qu'elle fout avec l'autre nain ? Les copains, c'est pas toujours les plus tendres, certes il y avait un mélange de jalousie et d'aigreur, mais ils n'avaient pas complètement tort. Nous nous sommes mariés très vite, au bout de quelques mois seulement, par bravade, comme pour une farce. Agnès avait besoin de sécurité, mon environnement lui plaisait, elle aimait surtout beaucoup la maison, beaucoup Maria, et moi je la faisais rire. Un peu avant notre mariage il y a eu une dispute comme il y en avait souvent entre nous, trop d'alcool, des caractères violents, on s'échappait à la sauvage de manière encore une fois théâtrale, mais on n'était pas dans Shakespeare, ça manquait souvent d'élégance. Donc après un réveillon du Nouvel An ou mon futur témoin nous a vus nous cracher littéralement aux visages après nous être battus comme des chiffonniers, il a jeté l'éponge.

— François, je ne serai pas votre témoin, c'est un massacre, normalement au Nouvel An les gens s'embrassent, ils ne se foutent pas sur la gueule en se crachant dessus, vous êtes des malades !

— Holala !! T'es vraiment une petite chose émotive, c'est de la chamaillerie d'amoureux pis c'est tout. On marche comme ça, rien de grave, on a une communication un peu virulente, pas de quoi en faire un flan.

— Oui mais tu saignes un peu du pif là…

— Ha bon ? Elle a une bonne droite, cette saloperie, je l'adore.

On a été mariés trois ans, ça été pour le moins… turbulent. Mais on se revoit et on s'entend très bien. Elle a épousé un autre François et je dois saluer son côté pratique, car pour ma part il m'arrive de confondre les prénoms de mes ex, ce qu'elles prennent assez mal et je le comprends tout à fait. Maria a un peu regretté notre séparation.

— M'enfin M'man t'as bien vu, on s'aimait bien mais on ne

s'aimait pas, en tout cas pas suffisamment pour que ça dure.

— Alors ça, j'ai vu tout de suite que vous n'aviez rien à faire ensemble, mais j'aimais bien la môme, elle était folle et puis j'adorais aller claquer du fric avec elle.

— Oui, elle aussi elle aimait bien que vous dépensiez ton blé. Pas de dot et des dettes, la prochaine fois je ferai gaffe.

— Ne sois pas sordide, elle était fauchée et dépensière, c'est plutôt marrant.

Maria était contre le mariage, mais elle s'est mariée quand même. Elle n'avait pas trop envie d'enfant, elle m'a eu quand même, un jour elle m'a demandé :

— ‚Pourquoi tu t'es marié espèce d'imbécile ?

— Ben tu l'as bien fais toi...

— Et pourquoi tu as fait un enfant si tard ?

— Je l'ai fait à quarante-trois ans, exactement comme toi.

— Tu sais que j'ai fait des choses bien dans ma vie, tu n'aurais pas pu t'en inspirer plutôt que d'imiter mes conneries ?

J'ai bien aimé me marier avec Agnès, mais j'ai encore préféré divorcer. La chance que j'ai c'est que je ne crains pas la solitude, au contraire souvent je la cherche, donc après notre divorce je ne retrouvais mes copines de passage que pour les moments les plus légers, les plus joyeux, avec le moins d'implication possible. Maria avait été habituée à un manège de demoiselles qui revenaient plus ou moins fréquemment à Ballainvilliers. Elle se prenait d'affection pour certaines, prenant soin de ne pas trop s'y attacher, ayant compris mon mode de vie et étant d'une certaine manière assez satisfaite de mon statut d'homme « libre », car elle détestait les couples d'amoureux, leur reprochant souvent d'être mièvres et esclaves l'un de l'autre. Mais ma soi-disant liberté était tout à fait relative, car je la définirai plutôt comme une insatisfaction chronique.

J'étais « relativement » honnête laissant entendre que je n'étais pas fidèle et plutôt cavaleur, et les relations étaient tout à fait sereines, sauf avec une pour qui j'ai eu un vrai coup de cœur. Alors retrouvant mes mauvaises habitudes, je redevins jaloux, inquiet, pas drôle, triste, elle m'a plaqué puis rattrapé de nombreuses fois au gré de ses lubies, une espèce de yoyo de « je m'en vais, je reviens, tu me saoûles, je n'aime que toi, et puis non ». Maria l'avait repérée celle-là, et pas dans le bon sens, elle avait tout de suite senti que sous ses airs de poupée diaphane, la coquette allait jouer avec moi comme une chatte avec un souriceau qui se prend des beignes. Ça n'a pas loupé, la chatte s'est bien marrée, le souriceau s'est fait bouffer. Faut se méfier de celles qui ont l'air trop douces, elles vous tordent le cœur avec une cruauté inversement proportionnelle à ce que vous pensiez être de la délicatesse. Malheureux comme les pierres, je prenais cette décision radicale qu'aurait prise un adolescent échaudé par son premier chagrin : PLUS JAMAIS je ne tomberai amoureux, l'amour me rend systématiquement crétin et désespéré. Je me suis donc remis à butiner jusqu'à une nouvelle rencontre.

2 5

## Caroline

Un de mes potes motards s'était exilé dans le sud. Ce garçon à l'éducation plutôt bourgeoise est un paradoxe sur pattes. J'ai toujours envié son aisance et son assurance, quels que soient les lieux, les circonstances, et les personnes à qui il s'adresse. C'est après avoir bossé dans la banque, puis à la télévision, pour enfin développer la plus grosse agence de coursiers de Paris qu'il décide de devenir un Hell's Angel : un grand écart digne d'un gymnaste. Ce type qui est une tronche, qui s'exprime formidablement et qui est un brillant entrepreneur, décide d'un coup de tout plaquer pour rejoindre le plus illustre gang de motards hors la loi de la planète.

J'en avais fréquenté certains, lié des amitiés avec d'autres, et l'avait prévenu : ne fourre pas ton doigt là-dedans, ou juste de loin, les ailes d'anges, tu vas te les cramer, mais rien à faire, il était bloqué, c'était son fantasme ultime et voulait même qu'on « prospecte » ensemble. La prospection est la période probatoire où l'aspirant Hell's Angel se doit de faire ses preuves auprès du club, une sorte de service militaire de la voyoucratie en Harley-Davidson dont l'issue plus que hasardeuse passe souvent par la case zonzon. Si à un moment de ma vie ce milieu m'avait fasciné, quelques mandales, une cloison nasale déviée et une garde à vue plus tard m'avaient franchement calmé. C'est donc tout seul et malgré mes mises en garde que mon camarade est parti tenter l'aventure des rebelles motorisés. Je le vois rarement, mais un soir il me prévient qu'il est là pour une « support party », une fête organisée par le chapitre des Hells angels Nomads. Je suis ravi de le retrouver, il va me raconter son expérience de l'intérieur. On se retrouve dans mon appartement, on discute, on fume beaucoup, mais seulement des cigarettes, mon voyou ne supporte ni l'alcool ni aucune forme de stupéfiants, un hors la loi presque bioéthique quoi. J'essaie de mieux comprendre son cheminement, serait-il devenu une sorte de nouveau Kerouac sur la route, débarrassé de toutes les contraintes sociales et n'obéissant qu'aux règles définies par ses nouveaux frangins ? C'est un peu ça, il a une vision très romanesque d'une certaine forme de liberté fraternelle, l'aura puissante et internationale du club en plus. Mais la liberté c'est quoi ? Quitter un uniforme pour un autre ? Bannir les lois et s'affranchir des règles pour en adopter d'autres aussi contraignantes ? Je ne suis pas convaincu. On tchatche mais faut pas qu'on traîne, si la « party » promet d'être sympa, avec concerts rock et gogo danseuses, c'est à dire la base bruyante et sexy pour tout biker qui se respecte, mon pote n'y sera pas pour se distraire, il fera service d'ordre et barman, il n'a pas encore le statut de membre à part entière et il a des obligations. Mais avant, on doit passer chercher sa copine.

— Quoi ? C'est quoi cette histoire ? Des filles y en aura plein là-bas, ce soir on sort entre poilus, on va pas s'emmerder avec une de tes pseudofiancées, une raz du béret qui veut traîner avec le bad boy qui fout le frisson.

— Pas du tout, Caroline est une fille très bien, une amie qui m'héberge quand je suis sur Paris et je voudrais que tu la prennes sous ton aile, tu connais ce genre de soirée, je ne voudrais pas qu'elle se fasse emmerder par des lourdauds, moi je ne serai pas trop dispo pour m'occuper d'elle.

— De quoi sous mon aile ? Je ne suis ni un ange ni une poule, je ne suis pas un chaperon non plus et si un colosse aviné veut venir te la souffler, je ne bougerai pas une oreille, t'es prévenu.

— Deal, je sais que tu la surveilleras comme un gentleman.

Ce mec c'est un escroc, il arrive toujours à ses fins. Moi qui pensais arriver à moto à la fête, ce salopard réussit à me convaincre de prendre ma voiture pour passer prendre sa gonzesse, un comble. Je l'insulte pendant une bonne partie du trajet mais il s'en fout complètement, ça le fait rire, avec moi il est habitué. On arrive en bas de chez elle, je la vois venir. Grande, enfin grande, pas plus grande que moi, ce ne serait pas pardonnable. De l'allure, assez élégante, pas du tout habillée pour aller faire la fête chez les Hells. Elle n'a pas cherché à adopter une panoplie, pourtant elle sait très bien où elle va, j'aime bien ça. Elle a l'air sévère quand elle ne sourit pas, mais quand elle sourit, ses yeux sourient en même temps et tout s'éclaire. Ce n'est pas la peine de tergiverser, dès que je l'ai vue, elle m'a tapé dans l'œil, et j'avais pas envie, d'abord parce que c'est la copine de mon pote. On fait connaissance dans la voiture pendant le reste de la route. Elle bosse dans la communication, c'est une Aixoise qui est venue trouver du boulot à Paris après ses études, elle sort beaucoup, travaille énormément. Je lui raconte un peu ma vie, j'en fait des caisses, je lui raconte mon taf de comédien, mes allers-retours à Londres pour aller voir ma fiancée du moment, une Anglaise qui a une superbe maison à Chelsea. Elle me trouve superbement con et prétentieux, tant mieux, je n'ai pas du tout envie de lui plaire. Arrivés chez les Hell's, le grand nous lâche pour s'occuper de tout et surtout de n'importe quoi. Tant pis pour lui, il a signé. C'est un univers particulier, avec ses codes, mais que je connais bien. Les Hell's Angels reçoivent, mais ce sont souvent d'autres petits clubs affiliés qui s'occupent de l'organisation, eux et les prospects.

Sont conviés les proches, les amis, les « supports » c'est-à-dire tous ceux qui gravitent autour d'eux, en espérant pour certains devenir un jour membres de la confrérie. Les anges sont les grands manitous de la fête, craints, respectés et enviés, chacune de leurs marques d'attention ou de reconnaissance est grandement appréciée et convoitée par la cour. Habitués au ballet des courtisans, ils aiment ceux qui viennent en amis sans espérer quoique ce soit en retour et qui savent rester eux-mêmes sans se la jouer. Comme c'est mon cas, tout se passe dans la plus grande décontraction, je salue ceux que je connais, sympathise avec d'autres, et initie Caroline aux us et coutumes de nos hôtes pendant que son julot s'escrime à courir en tous sens. Franchement, je suis persuadé d'avoir fait le bon choix, je suis très bien à ma place, car honnêtement pour choisir cette route il faut la foi et les épaules. Moi j'aime bien le folklore mais je suis un petit joueur, et frileux par-dessus le marché. « Mieux vaut garder un bon ami que de virer un mauvais prospect » disent les Anges, et comme le renvoi d'un prospect ne se fait pas avec un bristol et un bouquet de fleurs, je suis à l'aise dans mes bottes.

Mais voilà, moi qui pensais passer la soirée avec de rudes camarades de l'aristocratie motarde, je discute théâtre, voyages, anthropologie et observation du biker parisien en faisant un détour par l'étude des rites sioux du Dakota du Nord avec Caroline. Elle est sympa cette fille, au début je pense qu'elle s'est accrochée à moi comme à un docteur Livingstone au milieu des Zoulous, mais il me semble qu'on passe tous les deux un bon moment. Hé ho !! C'est pas parce qu'on a des choses à se dire et qu'on a un bon feeling qu'on va finir au pieu, pas de ça chez moi, et puis j'ai des principes : le premier, je ne touche pas la copine d'un copain. Le deuxième, je ne la regarde même pas. Le troisième, je ne l'envisage pas un instant. Quelques mois après cette soirée avec Caroline nous avons fait un « dérapage » dans mon lit. C'était un accident, ce sont des choses qui arrivent. Au bout d'une année, nous avons emménagé ensemble, la colocation c'est pratique, économique, et ça n'engage à rien. La deuxième année nous avons tout plaqué pour partir à Nice. Et à Nice, nous avons eu notre fille, Lilas. J'ai des principes. Mais j'ai juste des principes, je n'y suis pas fidèle.

— Je ne la sens pas ta copine, m'avait dit Maria.
— Ben pourquoi ? Elle est très sympa, c'est une littéraire, elle a un Deug de littérature anglo-saxonne.
— Et alors ? Ça veut rien dire, elle a pu faire des études et être très con.
— Mais elle est pas con du tout, en plus elle est allée dans une prison de haute sécurité dans le Dakota pour visiter les Sioux.
— Mais pour quoi faire en prison ? Y avait pas un autre endroit ?
— Pour témoigner des inégalités dans la justice américaine, particulièrement en ce qui concerne les Indiens qui se prennent des peines ahurissantes pour des délits mineurs.
— Ho merveille !! Elle a lu trois bouquins et en plus c'est une sainte ! Il en faut pas beaucoup pour t'épater hein ? De toute manière je te connais, celle-là non plus elle ne fera pas long feu.
Il est possible que je me sois attaché à Caroline pour donner tort à ma mère. Ce n'est pas la seule raison bien-sûr, mais quand même un petit peu. Je trouvais surtout qu'on s'entendait très bien, sur beaucoup de plans, et que mon confort suprême c'était que je n'en étais pas amoureux. En revanche je n'aurais peut-être pas dû le lui dire. Mais quoi ? Caroline avait dû me poser la question et j'ai certainement répondu avec franchise : oui, je l'aimais comme on aime quelqu'un pour de bonnes et belles raisons, et non, je n'en étais pas amoureux, ce sentiment imbécile qui m'embrumait le cerveau au point de confondre une girouette décolorée avec une perfection sur pattes. J'étais très heureux de n'être ni dans le fantasme ou l'illusion mais dans une vision lucide de quelqu'un qui me plaisait, avec calme et sérénité, sans l'hystérie du feu qui brûle, se consume et finit en bout de charbon foireux. Mon explication honnête et sans détour m'a valu une tronche pas contente, celle qui ne la met pas à son avantage quand elle est

contrariée, mais ça ne l'a pas empêchée de me supporter dix ans et de me faire un enfant. Et à propos d'enfant, l'annonce de l'arrivée de la mienne fut… tiédasse. Après le test en pharmacie puis la certitude confirmée en labo, nous avons profité de la date de la fête des grands-mères pour l'annoncer à Maria.

— M'man, on t'a apporté un joli bouquet et on ouvre une bouteille de champagne en ce jour particulier.
— Quoi ? Quel jour ? Y a quoi aujourd'hui ?
— C'est la fête des grands-mères et…
— Et quoi ? Bah j'vois pas le rapport ?
— Ne le fais pas exprès, tu vas être grand-mère M'man.
— Quoi ? De qui ? Toi ? Avec qui ?…
— Arrête tes conneries Maman, on va avoir un enfant avec Caroline.
— Ha bon ? Quelle drôle d'idée, ha tiens… c'est bizarre ça ne me fait rien du tout. Non mais excuse-moi, j'ai pas l'air ravie comme ça mais je suis un peu surprise. Tu aurais dû le faire plus tôt, c'est trop tard pour moi maintenant, ça ne m'intéresse pas, y aura trop de décalage entre ton môme et moi pour que je puisse avoir une relation marrante avec lui.
— Heu oui, enfin on le fait surtout pour nous cet enfant hein…
— Bon ben oui, c'est bien alors, je ne sais pas quoi dire… bravo ça va ?

Après avoir été glacé par le niveau zéro de l'enthousiasme, je prends sur moi pour ne pas trop montrer ma contrariété et enchaîne sur une précision.

— M'man je sais que tu es en promotion pour ta pièce en ce moment, on voudrait te demander une chose : Caro n'a pas encore annoncé sa grossesse dans sa société, elle voudrait le faire un peu plus tard en direct avec eux, c'est une petite agence de communication, les gens qui travaillent avec elle savent que je suis ton fils donc je te demande de ne pas en parler à un journaliste.

— Parler de quoi ? Ha, votre truc ? Mais je n'en avais pas l'intention, et puis tout le monde s'en fout.

Nous sommes repartis avec la gorge un poil serrée. Au moins on aura obtenu que Caroline puisse annoncer la nouvelle à sa boîte tranquillement, quand elle le voudra, sans indiscrétion préalable. Deux jours après, nous regardons une interview de Maria un dimanche soir juste avant le journal télévisé.

— Chère Maria Pacôme, pour conclure cet entretien nous voulions revenir sur cette information que vous nous avez confiée juste avant l'émission : vous allez être grand-mère ?

— Oui, et j'en ai rien à foutre.


Ça faisait beaucoup. C'était vraiment pas sympa, ni respectueux, ni rien. C'est à cette période-là que j'ai décidé de prendre le large. Je suis parti à Nice comme j'aurais pu aller à Tombouctou, mais il fallait vraiment que je prenne un peu de distance avec Maria.

## 2 6

## Juin 2023, Ballainvilliers

Bientôt six mois que j'ai repris le boulot. J'avais fait savoir que j'étais en arrêt maladie sans trop dramatiser tout en étant sincère, j'ai communiqué avec une virulence joyeuse mon retour dans le monde des vivants par le biais de posts Facebook et de SMS aux directeurs de plateaux tout comme j'avais donné de mes nouvelles pendant mon absence, avec force, humour et dérision. Bon, on peut pas dire que mon retour a été attendu puis fêté avec empressement. Honnêtement j'avais espéré une petite solidarité mais qui a été à la hauteur des messages que j'ai reçus pendant mon absence : quasi inexistants. J'adore cette phrase sortie d'une série télévisée dont j'ai totalement oublié le nom : « Je ne m'attendais à rien, mais je suis déçu quand même ».

Il y a bien eu quelques surprises, de belles surprises qui m'ont fait chaud au cœur, des gens que je connaissais assez peu et qui ont été étonnamment attentifs et présents. Ce que j'appelle attentif et présent n'a pas besoin d'excéder un coup de téléphone, mais j'ai quand même été sidéré que ce simple coup de téléphone fut pourtant complètement oublié par l'immense majorité de mes contacts, copains, et encore plus dur à gober : « amis ». Lilas a très peu pris de mes nouvelles, à tel point qu'il a fallu que je lui rappelle que je n'avais pas qu'un simple rhume. Caroline n'en a pas pris une seule. Maria avait encore eu le pif quand elle me parlait d'elle, surtout à la fin de notre liaison.

— C'est pas une gentille, moi y a des moments où elle me glace, et puis elle ne t'aime pas cette femme-là !
Je l'avais envoyé bouler avec grossièretés et arguments imparables, comme quoi elle n'avait jamais pris la peine de la connaître mais que moi je connaissais sa nature profonde qui sous des dehors, certes un peu autoritaires, elle était d'une grande générosité et d'une infinie bienveillance. Ho le con ! C'est vrai que je ne le pensais pas tout à fait en le disant, mais je ne soupçonnais pas à quel point ça pouvait être exactement le contraire.

Mais bon, est-ce que je n'avais pas eu l'essentiel ? Si. Myriam avait, et continue d'être la plus exceptionnelle partenaire qu'on puisse souhaiter dans ces cas-là. Pas du genre à se débiner quand les choses deviennent un peu moins marrantes et un peu moins légères : exactement le contraire. Donc on va pas chialer hein, la maladie, ça fout les jetons à la plupart, et puis la majorité des autres est d'une indifférence forcenée, faut faire avec et le constater sans en être trop affecté, c'est comme ça. Je viens d'un milieu où les gens sont très démonstratifs, très chaleureux, où les déclarations de tendresse et d'affection sont monnaie courante, et je sais depuis toujours à quel point il ne faut pas trop y prêter attention et surtout pas compter dessus, ça m'a aidé de le savoir, d'en être convaincu depuis toujours, même si… ben oui, même si il faut avaler une bonne dose d'amertume et de déception. Alors j'avale ça avec tous mes médocs et une grande rasade de flotte pour faire passer, et ça passe.

Aujourd'hui je ne bosse pas, d'ailleurs j'ai très peu travaillé ce mois-ci. D'habitude je me lève avec Myriam pour l'emmener à Paris, mais pas ce matin. Alexandre, son fils, est venu dormir à la maison et c'est lui qui la déposera. Un solide petit déjeuner, une bonne douche, me voilà d'attaque. Devant le grand miroir de la salle de bain, j'y vois un reflet moins sévère que d'habitude, j'ai l'impression que je perds un peu de ce méchant bidon qui n'avait cessé de gonfler depuis bientôt un an. La balance affiche toujours une dizaine de kilos supplémentaires que mon poids de forme, mais ce matin je ne trouve pas ça dramatique à regarder. Et puis je me suis rempli d'un peu partout, mes bras gonflent bien les manches de mon tee-shirt ce qui donne plus d'allure à mes tatouages. J'ai un bon paquet de tatouages en couleur qui ont gardé une bonne gueule bien qu'ils soient assez anciens. J'ai commencé ma collection à une époque où c'était particulièrement mal vu, d'où mon très grand intérêt pour la chose.

2 7

## Tatoo compris

En 1981, j'ai 16 ans. L'été j'ai décidé de travailler un mois comme mes copains, pour me faire un peu d'argent de poche et m'acheter une moto de cross. Mais pourquoi tu veux travailler pendant tes vacances, m'avait dit Maria ? Parce que tous mes potes le font, parce que je sais bien que si quelque chose me fait particulièrement plaisir elle me l'offrira, mais que je ne veux pas. Je passe déjà à leurs yeux pour un cas particulier, le fils de la vedette dans le meilleur des cas, le p'tit bourge dans les pires, et je ne veux pas. Je veux absolument être sur un point d'égalité avec eux. C'est pour la même raison que j'insisterai pour faire mon service militaire deux ans plus tard. Certainement pas par conviction ni par goût pour le kaki, mais pour être comme mes potes, mêmes chances, mêmes contraintes.

Et puis avant de critiquer un truc, plutôt que de me contenter de l'opinion des autres, j'aime bien me forger la mienne et vivre les choses par moi-même. Je m'en suis parfois mordu les doigts, mais je ne regrette absolument rien. Donc en ce mois d'août 1981 je me suis fait embaucher à l'usine des librairies Hatier, juste à côté de chez moi. Un ami m'a mis sur le coup, ils embauchent tous les étés, car il y a énormément à faire pour préparer la rentrée, Hatier étant un important fournisseur de manuels scolaires. Il vient me chercher tous les matins à mobylette et on prend le petit-déjeuner ensemble avant de partir pointer. Un bol de *Banania* avec une tartine pour lui, et un café avec une *Marlboro* pour moi, car j'ai très vite pris d'excellentes habitudes en matière d'hygiène alimentaire. Pendant le mois on me balade entre plusieurs services, tri, préparation, emballage, je ne fais l'affaire nulle part. Quand je dois peser les colis, la dame très désagréable du service trouve que j'écris mal les chiffres, on m'envoie ailleurs.

À la préparation on me retrouve à flirter avec la fille du patron entre deux rangées de bouquins, on m'envoie ailleurs. Au service livraison je dois transporter de grosses palettes de livres avec un transpalette Fenwick. J'adore cet engin électrique, c'est super maniable, pas mégarapide, mais suffisant pour faire des courses entre les allées du stock. J'ai raté un virage, ça arrive aux meilleurs, mais moi j'ai foncé dans un rayonnage qui s'est affalé sur un autre puis sur un autre… un gros bordel. À vrai dire, on était des mômes et pendant nos huit heures quotidiennes il nous arrivait à tous de faire des conneries pendant un quart d'heure, mais je me suis systématiquement fait choper pendant ce quart d'heure. Chez Hatier ils m'ont filé un SMIC à la fin du mois, une fortune pour un gamin, j'étais content mais content. Ils m'ont aussi dit que ce n'était pas la peine de revenir l'année d'après, une sorte de record dans le sens où tous les autres étaient quasiment réembauchés d'une année sur l'autre. Mon destin était sans doute ailleurs, j'aurai essayé.

Florent lui, il s'est débrouillé pour travailler chez l'armurier de Longjumeau. Je ne suis pas certain que ce soit vraiment plus marrant que chez Hatier, il remplit de billes de plomb des cartouches de chasse une bonne partie de la journée et puis… et puis c'est tout, je crois bien. Nous au moins on était un paquet de filles et de garçons du même âge, lui il est tout seul avec l'armurier qui boite et qu'à pas l'air sympa. Je vais le chercher un soir et l'attends, juste à côté devant le bistrot où j'ai garé ma mob. Assis sur mon 103 Peugeot, je regarde la rue, l'œil dans le vague. Un peu plus loin sur le trottoir, je vois un drôle de couple qui vient vers moi, un grand gaillard avec un petit vieux, beaucoup plus petit que lui. Au début, j'observe la scène qui me semble être celle de deux copains qui blaguent ensemble, ça me rappelle une séquence de Benny Hill quand il donne des tapes sur la tête d'un vieux pépère tout en lui foutant son pied au cul. Et plus ils se rapprochent, plus je réalise que ces deux-là ne sont pas copains du tout, le vieux râle pour de vrai, car le gaillard l'emmerde pour de bon. Le grand type se plante devant moi.

— Qu'est-ce t'as toi ? Tu veux ma photo ?

Ce gars est une armoire, il doit avoir une trentaine d'années, il a une chemise blanche à manches courtes et un gilet noir, un peu comme un garçon de café, et des tatouages partout, des tatouages à l'ancienne, bleu dégueulasse fait à l'arrache, en taule, avec un bouchon et des aiguilles liées ensemble. Il a deux têtes de plus que moi et fait deux fois mon poids.

— Je ne te regardais pas particulièrement, je regardais dans ta direction c'est tout...

J'écris cette phrase en entier, mais en réalité je n'ai pas eu le temps de l'articuler jusqu'au bout, je reçois une droite comme une enclume qui me fait valser de ma mob. Je me relève en essayant de bredouiller je ne sais quoi, entre le choc et la sidération, et là je me prends une deuxième enclume dans le tarbouif, mais pour celle-là il a dû armer son bras de bien loin, car je me retrouve aveuglé, un flash noir et des points blancs comme dernières visions et je m'écroule à semi-inconscient dans le caniveau. Comme ses tatouages le laissaient deviner, il sortait de zonzon, certainement pour cette même raison de vouloir assommer tout ce qui bouge autour de lui. La grande-rue de Longjumeau était franchement passante à cette heure, mais personne n'a moufté.

Certainement connu comme le loup blanc, le golgoth s'est dit que ça ne ferait pas bonne impression auprès de son juge d'application des peines d'être identifié les pognes ensanglantées et avec un lardon la tronche en biais à ses pieds. C'est donc dans un élan bienveillant mais surtout dans un souci de discrétion post-criminelle qu'il me soulève de terre par le col et me jette dans le bar attenant. Il s'adresse au patron.

— T'as pas une serpillière pour nettoyer ça ?

« Ça », c'est mon nez en patate explosée et mon visage maculé de sang.

— Tu me fais chier avec tes conneries, je veux pas d'emmerdes dans mon bistrot, fous moi « ça » dehors.

J'irais donc, titubant jusqu'à l'armurier pour me nettoyer un peu et retrouver mes esprits et mon copain.

Je me dois, quarante-deux ans après, mais la mémoire toujours vive, remercier cette foule qui n'a pas bougé une oreille en voyant un môme se faire littéralement assommer devant eux. Mais c'est vieux tout ça, aujourd'hui, ça ne se passe plus comme ça, les gens dégainent leurs smartphones et filment, car si à l'époque je n'ai suscité que de l'indifférence, de nos jours le témoin cameraman obtiendrait quelques milliers de likes et de beaux commentaires : « mdr comment y ces fé foncédé, cé tro abusé ». La lâcheté est encore pire qu'avant, elle s'est transformée en voyeurisme gourmand partagé sur les réseaux sociaux.

Si j'en avais parlé à mes parents, ils m'auraient sans doute poussé à porter plainte, le mec était connu, et ma mère serait aussi allée voir le patron du bistrot pour lui défoncer la gueule. Mais je n'ai rien dit. Je ne sais pas pourquoi, pourtant j'avais confiance en mes parents. Je n'ai rien dit. J'aurais pas dû le regarder peut-être ? J'ai peut-être le regard insolent et provocateur ? Plus d'une fois dans le métro ou ailleurs, des types prenaient mon regard clair comme une défiance, ça virait souvent à la confrontation. Ben j'ai les yeux clairs… c'est comme ça, j'allais pas vivre en regardant le sol. J'ai vécu comme ça quelques mois dans un état réellement post-traumatique de paranoïa et de frayeur dès que je croisais un balèze. Le pire étant la rencontre avec des types tatoués, les tatouages après cet incident étaient devenus à mes yeux les symboles de l'agressivité, de la violence et de la peur. Alors je me suis dit : la peur va changer de camp, je ne veux pas être celui qui flippe, je préfère foutre les jetons, ce sera moi le tatoué à pas emmerder. Et je me suis tatoué tout seul, à l'ancienne, un bon gros tatouage bien dégueulasse sur l'avant-bras.

J'attendrai mes 18 ans pour entrer dans un vrai salon de tatouages, avec toujours le même feeling en tête mais cette fois je veux du pro, un beau motif comme ceux du chanteur Renaud qu'est un loubard, mais un loubard à la cool, ça me plait comme concept. Mon œuvre fraîchement encrée, je vais au cinéma de Longjumeau avec ma bande. Ma bande c'est pas une bande, c'est des copains de longue date qui se baladent souvent ensemble, pas plus. Mais à Longjumeau certains nous appellent « La bande de Ballainvilliers », bande dont je serais le leader bien malgré moi, la notoriété de ma mère m'en ayant fait la seule personne vraiment identifiable. Toute la zone Longjumelloise est là pour assister à une séance de « L'Exorciste », on en a tous entendu parler et on se régale à l'avance de voir une monstresse flotter au-dessus de son lit et vomir du vert à la tête d'un prêtre. On se fraie un passage dans les rangées quand un furieux bondit de son siège pour me hurler à la face.

— Hé j'te connais toi tête de mort ! T'es d'la bande à Ballain hein ? j'vais t'péter la gueule moi pédé va !! C'est quoi ce badge sur ton zonblou ? Les Clash ? C'est des pédés les Clash, t'es un pédé toi tête de mort, j'vais t'péter la gueule, tes petits yeux bleus j'vais les foncer, hé pédé !!
Une entrée en matière cavalière et sans détour qui indiquait clairement que ce jeune homme à la dentition en cimetière faisait une fixation sur ce qu'il pensait être mon orientation sexuelle mais surtout avec l'envie d'en découdre. Un de mes potes, assez grand et costaud, intervient pour calmer le jeu, ce à quoi la furie renchérit :

— Mais toi aussi j'vais t'péter la gueule pédé, j'vous prends tous un par un, les têtes de mort, j'vous éclate les pédés de Ballainvilliers.
Alors premièrement, je ne prends plus « pédé » pour moi, j'ai bien compris que c'est un terme générique pour cet excité. Deuxièmement, nous avons à faire à une confrontation territoriale, rien de personnel donc. N'empêche, le mec m'inquiète, il n'a vraiment peur de rien, il provoque tout le monde et n'a pas peur de manger des mandales, ses chicots en témoignent. Je fais part de cette réflexion à un copain qui me renvoie à cette fulgurance :

— Il a perdu des dents dans des bastons, et alors ? C'est pas de lui dont tu dois avoir peur, c'est de celui qui les a fait valdinguer.
J'ai pas passé une séance de cinéma tranquille tranquille, autant dire que l'Exorciste avec une promesse de bagarre avec un fêlé à la sortie, comme détente j'avais vécu mieux. Film terminé, on sort, pas question de se carapater, on prend le temps, et bien évidemment il est là. Déjà il est un peu surpris, je le vois, il était certain que ses menaces allaient nous faire rejoindre notre village de petits bourgeois pédés têtes de mort avant le générique de fin. Ben non. Il avance en vociférant toujours à peu près les mêmes trucs, j'essaie d'amorcer un début de dialogue :

— il y a sûrement un malentendu, on ne se connaît même pas, parlons-en…
Non, le gars veut bouffer du Pacôme, il y va de son « fils de pute », que je ne prends pas personnellement, tout en laissant choir le blouson que je portais avec deux doigts sur mon épaule, restant en tee-shirt. Là, en une fraction de seconde je vois une lueur d'étonnement dans son œil imbécile lorsqu'il lorgne sur mes tatouages, ça ne faisait pas partie du portrait qu'il se faisait de moi, et je profite de cette ouverture d'inattention pour lui envoyer ma plus belle salade de phalanges pile dans l'œil. L'instant d'après je lui saute dessus, m'affale sur sa carcasse

avec une clef de bras autour du cou qui l'étrangle et le bloque tandis que de ma main libre je cogne, cogne, cogne sur sa sale gueule qui s'est enfin fermée. Une fois dégagé et debout, après un dernier « fils de pute tu m'as pris en traître », il est parti pas si fier et légèrement titubant, promettant qu'on se reverrait. Tout ça devant témoins, j'avais gagné la partie. Plusieurs choses m'ont sauvé : mes tatouages, l'effet de surprise, et mon incommensurable trouille qui m'a fait cogner avec une rapidité et une conviction sans pareille.

2 8

## Tattoo faux

J'ai fréquenté des punks, des rockers, des bikers en Harley-Davidson. Je parle de vrais bikers, ceux qui n'ont jamais un rond et bricolent leurs bécanes tout seuls, pas la nouvelle génération qui s'achète la panoplie en même temps que la moto neuve en leasing. Enfin, j'ai toujours eu de la tendresse et des affinités pour la congrégation des infréquentables, toujours entre deux plans foireux et à la limite de la légalité. Dans ces sous-cultures urbaines, on retrouvait souvent un médium commun, le tatouage. Quand je l'ai abordé, le tatouage avait un sens, une signification, et je m'y suis beaucoup intéressé. Ils disaient qui tu es, d'où tu viens, ce que tu aimes, ce que tu détestes.

J'ai appris tous les codes des tatouages à l'ancienne, ceux des bagnards, des anciens des bataillons d'Afrique, des Apaches parisiens, des maquereaux, des anarchistes, et puis les plus actuels des skinheads, des Hells angels, jusqu'aux tatouages tribaux des Maoris ou les sublimes Irezumi japonais des Yakuzas. Hors de question de se faire tatouer n'importe quel symbole, c'était une question de respect. Et puis en tant que graphiste je me suis intéressé à son évolution, car en quelques décennies, cet art populaire qui était réservé à une petite caste d'initiés est devenu incontournable et a pris une ampleur… que je déteste.

Techniquement et artistiquement les progrès ont été extraordinaires, mais quand je croise madame *Michu* au supermarché, tatouée au rouleau avec toute sa famille couverte de graffitis, ça me désole. Oui, j'aimais l'époque où on disait : tu ne pourras jamais devenir banquier avec des tatouages. D'abord ça tombait bien, j'en avais pas l'intention, mais dernièrement, alors que j'avais rendez-vous avec mon nouveau conseiller BNP, je tombe sur un gars encré jusqu'aux paluches, un comble, une hérésie. Et si ça de trouve, il n'avait que les mains, ailleurs il était vierge, car maintenant les nouveaux adeptes favorisent les endroits les plus visibles, le cou, les mains, alors qu'avant c'était le contraire, ces parties-là signaient un vrai suicide social, seuls les plus radicaux l'envisageaient, et puis surtout c'était quand il n'y avait plus de place ailleurs.

Maintenant je vois des grands-mères avec le nom de leurs petits enfants tatoués dans le cou et la tête de leur chat sur l'avant-bras. Oui, j'aimais l'époque où un tatouage était une revendication, un état d'esprit rebelle et hargneux. L'époque d'avant le détatouage au laser, quand il fallait assumer *ad vitam*. Tout le monde se fait tatouer tout et n'importe quoi aujourd'hui, et ça m'emmerde quand je croise un crétin arborant « only God can judge me » ou encore « mi vida loca » alors qu'il n'a jamais fait partie d'un gang de chicanos et qu'il est encore moins polyglotte. J'ai adoré que mes parents détestent mes tatouages. J'aime que personne ne les voie jusqu'à ce que je tombe la chemise, comme ces Yakuzas en costards qui sont impeccablement stricts jusqu'à ce qu'ils se retrouvent en slip pour devenir des tableaux en mouvement.

2 9

# Ça roule l'handicapé ?

J'en étais à ces réflexions sur l'époque, la société et les tatouages, dépoilé devant ma glace à contempler les miens, et considérant qu'il était grand temps de mettre un froc. Pas pour aller travailler puisqu'aujourd'hui comme hier comme demain, c'est creux, mais par respect pour les oiseaux du jardin que le mien n'intéresse pas. Mon oiseau, pas mon jardin.

Un détour par la boîte aux lettres, et je découvre un courrier de la Maison départementale des handicapés. Hé ho ça va bien hein… j'ai suffisamment d'emmerdes et de charges comme ça, les handicapés qui vont me demander des ronds ça me saoule. J'ouvre quand même. C'est une notification de décision ME concernant… Quoi ? C'est quoi ce bordel ? « Le président du conseil départemental vous attribue une carte de mobilité mention stationnement correspondant à votre taux d'incapacité supérieur ou égal à 80% ». Non mais c'est une blague, ils vont pas bien ? Un deuxième courrier m'informe que je vais avoir une carte pour passer les files d'attente, m'asseoir dans les transports en commun devant les obèses, les moches, les femmes enceintes, les vieillards, et l'autorisation de gifler les enfants avant de prendre leurs places. Un troisième qu'on m'attribue une allocation d'handicapé à 80 %.

Évidemment que les sous ne rentrent pas comme je voudrais et qu'une allocation serait bienvenue, mais si je travaille moins ce n'est pas parce que je ne peux pas, mais parce qu'on m'appelle moins. Je suis fou de rage, j'en veux pas de leur allocation et de leurs cartes à la con, pourquoi pas mettre le sticker avec le fauteuil roulant sur ma Harley aussi ? Je pète la forme bordel de merde, ils ne l'ont pas vu à l'hosto ? Qui a transmis mon dossier à cette foutue maison départementale des handicapés ? Je suis TOUT sauf handicapé bande de cons ! Je ne veux pas de la carte de Gustave Roussy, je ne veux pas de la carte des handicapés, je veux retrouver ma carte gold privilège de chez Régine et aller me poivrer la gueule sur le dance floor.

Je balance le courrier et vais prendre le frais dans la chambre des filles. La chambre des filles c'est le garage des motos, il y fait doux par cette étouffante journée de mi-juin. Hé ben, dire qu'on est même pas encore en été, moi qui déteste le soleil et la chaleur, les semaines à venir je vais morfler. J'aime bien la chambre des filles, c'est mon endroit, j'aime y prendre un café ou un verre de vin. C'est une ancienne chambre d'amis qui donne dans ma cour et que j'ai transformée pour recevoir mes belles, car mes motos ont une place de choix chez moi, il y a même eu un hiver où je rentrais l'une d'elles dans le salon de peur qu'elle prenne froid, elle a passé Noël près du sapin, j'ose espérer qu'elle était ravie. La chambre des filles est à cheval entre un musée et un show-room, les quatre murs repeints de frais sont recouverts de mes thèmes préférés : des photos encadrées de Steve McQueen, des plaques émaillées publicitaires, des pin-up vintage, toute ma collection de blousons de cuir et tous mes casques. Et puis évidemment les filles sont là. Il y a la Kawasaki, cadeau de mon Sergio, elle a une histoire cette Kawa.

Quand je suis rentré il y a huit ans de Nice, ruiné et endetté avec un abonnement VIP au service des veinards de l'institut Gustave Roussy, j'avais plutôt le moral dans les godasses. Mon papa se demandait comment le remonter et diminuer ma consommation de Lexomil - Vodka. J'avais vendu ma belle Harley pour remplir le frigo et j'avais besoin d'une bécane pour retourner draguer les studios, circuler, démarcher. Ce fut son dernier cadeau : trouve-toi une belle occasion, je te l'offre avait dit le Sergio. Je savais ce que je voulais, j'avais déjà eu la même par le passé, une belle petite « vieille » de vingt ans d'âge à vil prix (même pas celui d'un scooter en plastoc d'occase). Je retrouvais le chemin du boulot, la santé et le sourire. Jusqu'au jour où un fâcheux a fauché la belle, pourtant bien stationnée, et s'en fut, comme si de rien n'était, la laissant affalée et cabossée au milieu de la rue. Un peu découragé à la perspective d'un ravalement cosmétique sur le long terme, j'ai envisagé la vendre puisque même la maire de Paris m'en interdisait la conduite *intra-muros*, trop vieille et trop polluante, avaient-ils jugé. C'est là que la fille que j'aime, et qui m'aime, et qu'on s'aime, est intervenue m'annonçant aussi sec que si je me séparais de ma pétoire elle me quitterait illico. Myriam connaissait l'histoire de l'engin, le sachant partie prenante de ma renaissance. Alors je l'ai réparée, repeinte, magnifiée, et j'ai juré que même avec des dettes au cul je ne me séparerai plus jamais de ce que j'aime.

À côté de la sombre kawa, la rouge et sculpturale Harley-Davidson. La vente de la précédente avait été tellement à contre cœur que je m'étais promis d'en retrouver une belle quand je le pourrai, mais une ancienne, comme j'aime. Ça faisait un moment que j'épluchais les annonces sur internet pour trouver ce modèle précis, et je l'ai trouvée comme un cadeau, la veille de notre mariage avec Myriam. Elle a 36 ans et brille comme à sa sortie de l'usine.

Et puis il y a la moto de Myriam. Elle m'avait dit qu'elle aimait les Norton. Mais les Norton n'existent plus depuis la fin des années 70 et de plus Myriam n'a pas le permis pour les conduire. Alors je lui ai trouvé une 125 aux faux airs de Norton, très chic. C'était mon cadeau pour son anniversaire, elle a été surprise et heureuse et quand elle est contente je suis très heureux. J'essaie de lui apprendre à piloter mais c'est pas de la tarte, j'ai peur qu'elle tombe et elle a peur de faire tomber la moto et je crois que la moto le sent bien. Donc pour l'instant, c'est un bel objet immobile, on choisira le bon moment. Myriam vient souvent partager des instants avec moi dans la chambre des filles, elle monte sur sa moto que j'ai rabaissée pour qu'elle se sente plus à l'aise, elle la caresse et l'admire, on se promet que bientôt on reprendra les séances de pilotage.

Certains ont des tableaux, moi dans la chambre des filles je contemple le décor, les motos exposées comme des œuvres d'art, les blousons vintage qui ont tous une histoire. J'aime ce qui a vécu, ce qui est trop neuf ne me fait pas rêver. Je m'assois avec un café sur le vieux coffre, celui sur lequel Myriam a appliqué une jolie patine. Cette chambre m'apaise, j'y suis bien. Je suis un motard increvable avec un passé et surtout un avenir, bien campé sur mes motos. Moi handicapé ? Allez bien vous faire foutre oui. L'handicapé il va aller ratisser sous le magnolia, parce que si ses fleurs sont canon je déteste ses grosses feuilles marron moches, marron triste, qui endeuillent ma belle pelouse lorsqu'elles s'affalent en pagaille. Je ne comprends pas qu'en plein printemps alors que l'arbre est d'un vert sublime, un tel paquet de feuilles tombent et se fanent comme pour un automne précoce.

Vingt minutes, ou peut-être une demi-heure que je m'affaire à faire disparaître ma contrariété sous ce cagnard qui cogne dur, mais dur... C'est pas impeccable mais je commence à fatiguer grave, je souffle comme un phoque et puis j'ai trop chaud, ça me file un peu mal au cœur cette chaleur, je commence à avoir la tête qui tourne, faut que je me pose. Derrière le mur il y a le petit verger, c'est bien le verger, il y a de l'ombre, j'y respire mieux, faut que je m'allonge un peu. L'herbe dans mon dos est fraîche, ça fait du bien, quelques secondes de plus et je ne m'allongeais pas, je m'écroulais comme une merde. Là-haut le ciel, les nuages, la cime des arbres, et puis ma gamberge qui cavale, j'essaie de retrouver mon souffle, j'ai peur de gerber. Saloperie de courrier, c'est eux qui m'ont miné, y m'ont coupé les pattes avec leur histoire de carte d'handicapé, d'allocation pour assisté, et merde ! N'empêche, on va pas se voiler la face, une demie heure de jardinage au soleil et bonne nuit les petits, il frime un peu moins le motard increvable.

J'en vois plus des cumulus, non, y a que des tout petits qui ne ressemblent à rien d'autre qu'à de tout petits nuages. Je m'allongeais comme ça dans l'herbe quand j'étais petit, dans ce même verger. Je lorgnais les grosses grappes de cerises sur le cerisier centenaire et évaluais d'un coup d'œil mon chemin à travers les branches pour aller les attraper. Faudra mettre un pied sur celle-là, choper l'autre de la main gauche, me hisser jusqu'à celle-là pour la saisir de la main droite et puis me hisser jusqu'à la fourche. Fastoche. Là, aujourd'hui, maintenant, je ne pourrais pas, je ne pourrais plus. J'étais un singe quand j'étais petit, l'année dernière encore, mais pas là. Jusqu'il n'y a pas longtemps je me démerdais en escalade, les rochers de Fontainebleau, les falaises du Verdon, celles du Saussois. « Tu viens grimper au Sauss ? »… Florent et son Saussois, il m'aura épuisé celui-là, toujours à vouloir partir escalader. Moi j'ai les jetons à trente mètres, j'ai toujours eu les jetons, même moins haut. « T'as le rapport poids-puissance idéal pour la grimpe" qu'il disait. Tu parles que j'en avais rien à foutre.

Vaincre ma peur, la dominer pour aller en haut de la face avec des mouvements techniques, calmes et maîtrisés, oui, cet aspect-là me plaisait bien. Et puis tout en haut c'était souvent très beau. Alors je posais mon cul, content de mon exploit, et comme un bon sportif je sortais un paquet de clopes de mon sac de Magnésie et je m'en grillais une en contemplant la plaine, tout en bas. Être avec mon ami, aller camper au pied des falaises, aller au village se poser pour l'apéro en fin de journée, ça j'aimais bien. C'est l'amitié qui m'a poussé sur les falaises, la performance sportive je m'en tapais grave.

Je ne dirais pas à Myriam que j'ai eu un coup de mou, ça lui ferait peur. Je vais rester là un peu, ça va déjà mieux. J'irai boire un grand verre d'eau, manger un fruit, et ça ira très bien, je sens mon mal de cœur qui s'en va, c'était rien. Y ont raison ces cons, je ne suis pas à cent pour cent. Mais je ne suis certainement pas à vingt non plus, ha non, je vais me retaper les gars, peut-être pas suffisamment pour aller grimper dans le Verdon, mais une petite ballade ça s'envisage, juste une randonnée tranquille, avec du vin blanc au frais dans le sac à dos, on saucissonnera là-haut sur le plat. On regardera les types s'escrimer plus bas, dans la face, à s'user les doigts sur les rochers, et on trinquera en fumant une bonne cigarette. Faudrait que je pense à me réconcilier avec Florent, mais il est capable d'imaginer encore une virée sportive pour fêter ça, alors que moi, je veux juste boire un coup et parler de la vie.

# 3 0

## Juillet 2023

V'la l'printemps qui passe, pépère, mes petits piafs dans le jardin, les jolies fleurs, les plantes qu'on taille avec Myriam, le temps où les copains se repointent pour un déjeuner au soleil. Certains s'étonnent de ma bonne gueule, peut-être s'attendaient-ils à me voir tout gris et tout maigrichon. C'est pas le cas, j'ai pris dix bons kilos et je suis très en forme. J'aime moins l'été, j'aime pas la chaleur et je déteste voir ma jolie pelouse tourner au jaune paille. Y a un coin du jardin recouvert de trèfles, c'est très joli les trèfles, c'est doux au pied et ça ne demande que très peu d'eau, faut que je me renseigne sur quand et comment le planter pour en mettre partout, ce sera parfait. Lilas vient nous rejoindre pour quinze jours avant de repartir près de sa mère et pour sa rentrée scolaire. Tout ce passe relativement bien jusqu'à ce que Caroline m'appelle pour m'informer que Lilas va rester avec moi cette année, fidèle à son habitude de me mettre devant le fait accompli sans aucune négociation possible.

Quand nous nous sommes séparés, elle a décidé que Lilas resterait près d'elle, point barre. Cinq ans après, elle me l'a refourguée la veille de la rentrée scolaire, car elle ne pouvait plus la garder pour des raisons économiques, puis après deux ans chez moi, elle a imposé qu'elle retournerait vivre chez elle sans que nous puissions en discuter. J'ai toujours dit OK à tout en m'en référant à Lilas et en lui demandant ce qu'elle préférerait et Lilas a toujours privilégié être près d'elle. J'ai toujours aimé le côté autoritaire de Caroline. J'aime les femmes de caractère, voire de mauvais caractère, mais encore faut-il qu'il y ait un pendant, une bascule agréable. En l'occurrence il y a bien longtemps que nous n'avons basculé nulle part ensemble et ce sont ses exigences sans appel qui me laissent la mâchoire pendante. Aujourd'hui Caroline a choisi l'alibi du problème de santé « très grave » et de l'impossibilité de s'occuper de notre fille. Que dire ?

Nos rapports sont affreusement conflictuels depuis notre séparation et mon mariage avec Myriam n'a fait qu'attiser sa rage. Elle me ment énormément et je ne peux rien vérifier de sa situation réelle ou fictive, mais là n'est pas l'essentiel, l'essentiel c'est que ma môme a besoin de moi et qu'évidemment je serai au rendez-vous. Les relations entre Lilas et Myriam étaient plus que moyennes, voire carrément pourries quand elle nous rejoignait pour les vacances, et avec moi c'était pas tellement mieux. Coup de pot, cet été, ça s'arrange légèrement. Faut quand même que j'annonce à Myriam que Lilas revient pour un temps indéterminé, et je serre les miches, car les deux ans où elle était à la maison furent source de beaucoup de tensions et d'engueulades entre nous. Mais voilà, comme Myriam est une reine et qu'elle est très humaine, elle comprend l'urgence et a le sens des priorités. Certes, Caroline nous pipote peut-être encore pour des raisons qui nous échappent, mais le fait est là : y a ma gosse qui a besoin de nous, et elle n'est pour rien dans les embrouilles des grands. Il lui faut un toit, une école, et un environnement stable. J'ai tout mis en place, réglo.

L'année n'a pas démarré pour la petiote, et puis elle a pris son rythme, nous aussi. Je crois qu'elle a réalisé que j'étais toujours là pour les coups durs et qu'il y avait un sacré gap entre ce qu'elle pouvait entendre de moi du côté de sa mère, et ce que j'étais réellement. Et puis elle grandit, elle a bientôt seize ans et commence à penser par elle-même. Les mois passent, je travaille, je fais souvent des examens de santé, IRM, scanners, prises de sang, rendez-vous médicaux, tout va bien, je m'habitue à cet état de fait : ma maladie est devenue chronique et je vais devoir me soigner *ad vitam*, faut que je fasse avec, ça m'empêche pas de vivre, c'est juste là, au-dessus de ma tronche.

## 31

## Janvier 2024, tumeur? J'espère que ça s'écrit en un seul mot

Encore une IRM cérébrale, c'est un rituel devenu classique, mais à la lecture des résultats je vois qu'on signale le grossissement d'une tumeur. Tumeur que je vais m'appliquer dorénavant à appeler « lésion », ça fait un peu moins peur, comme quoi les mots… Jusque-là elles étaient toutes stabilisées ou en diminution, je flippe un peu et j'ai raison. Mon toubib confirme et m'envoie faire de costaudes séances de rayons axées sur ma caboche. Ça c'est pas marrant, on me promet la tête dans un étau et de bonnes séances de gerbe, et ça manque pas. Mais comme la vie c'est pas tout le temps de la merde, et sous les conseils d'une amie, je prends contact avec une « coupeuse de feu », quelqu'un qui va m'aider à distance et soulager mes maux. Je ne sais pas, j'y crois moyen, mais je tente ma chance et lance un message sur internet. Une page est dédiée à ces gens bizarres, « les coupeurs de feu ». Florence y répond, très vite. Je rencontre Florence. Quand je dis que je rencontre, on ne se voit pas, on se parle au téléphone et par écrit, mais en quelques jours je me fais une vraie copine. Une copine qui m'aide pour de vrai, mais qui en plus partage ma dévotion pour mon groupe fétiche les

Clash, qui a été motarde, qui a de l'humour et une belle humanité désintéressée à partager. Le coup de pot, ou le destin je ne sais pas. En tout cas, une alliée précieuse.

Florence m'aide pendant cette période de rayons, elle me soulage de mes maux de tête, de mes nausées horribles, et continue à me suivre un peu après pour que je continue à aller bien. Mais surtout on parle, on parle beaucoup, de musique, des motos, de la vie, des religions… On a eu des vies très différentes mais on a beaucoup de points communs, et puis je la fais rire, j'aime bien faire rire les gens que j'aime bien. Bon, j'ai des lésions mais j'ai gagné une copine, soyons positif. Et alors que nous ne communiquons qu'à distance, Florence qui est à des centaines de kilomètres de moi se décide à me rendre visite.

**3 2**

# Un renard dans le jardin

Je ne sais pas qui est le plus perché des deux ou qui est le plus lucide. Celui qui a le plus d'imagination ou le plus terre à terre. Celle qui soigne le feu par la pensée, ou la pensée de celui que le feu a totalement brûlé ? Mais elle me l'a affirmé, elle a vu un renard dans le jardin. Pas moi, pas plus que je n'ai vu la lumière, ni la vierge, pas plus que je n'ai été touché par la grâce, mais la foi en elle et dans sa vision, je les ai. Nous discutions avec Florence dans le salon, ou plus exactement j'étais dans un monologue certainement captivant quand je l'ai constatée, plus du tout captivée. Non, elle ne me regardait plus, mais regardait au-dessus de ma tête, dans le grand miroir qui reflète le jardin, et elle l'a vu. Un renard, posé comme une statue, de toute sa hauteur sur ses pattes fines. Un renard dans mon jardin clos de murs, apparu comme par magie. Évidemment, dans un premier temps j'ai supposé l'ivresse, la drogue à haute dose, mais je me suis raisonné. Je connais les alcoolos, je connais les camés, et cette femme-là n'est que sobriété. Elle l'a vu, droit comme un i, et elle l'a vu se sauver.

Comment dans ce jardin, pas bien grand entouré de ses hauts murs, un renard a-t-il pu se pointer ? Si ma maison est un havre désuet mais charmant, il est un îlot perdu entre zone d'activité triste, supermarché sinistre et maisonnettes calibrées par des promoteurs avides d'espace à exploiter. Comment est-il arrivé là ce renard ? Comment est-il reparti du jardin ? Quel péril a-t-il traversé pour venir nous saluer ? Quelles voitures débiles sur nationale moche, quel trouduc de banlieue, quels sales mioches a-t-il évités, tout ça pour se retrouver quelques instants à nous fixer ? Nous sommes allés à sa suite, avons cherché sa trace, absolument rien n'a pu expliquer le mystère de sa présence à part... un caca. Un bousin bien trop gros pour sortir du cul de mon chat ou des autres félins qui viennent avec aplomb visiter son terrain. La foi en mon amie et la vision de l'étron m'ont définitivement convaincu : un être sauvage et merveilleux était là, bravant les dangers, les pronostics et la logique. Un renard fantastique est venu nous enchanter. Et si la seule preuve n'est qu'un témoignage, si la seule relique n'est qu'une merde, je connais des religions qui ont été fondées sur bien pire.

33

## Coup de mou, coup de blues

Physiquement ça va, je suis un peu plus fatigué que d'habitude et le corps médical m'interdit encore une fois de conduire, combien de temps ? Je ne sais pas, eux non plus d'ailleurs. Dès que je ne me sens pas trop mal, je prends la voiture pour deux ou trois courses, ou pour rien, pour le plaisir, bientôt j'enfourcherai une de mes motos, la désobéissance est une preuve de bonne santé, du moins morale, mais c'est justement le moral qui pêche. Après les rayons sont prévues des séances d'immunothérapie, ça je connais, une aiguille dans le bras et trois heures à attendre les différentes potions miracles qui s'écoulent dans mes veines.

Trois heures sur la chaise au milieu des autres, ceux à qui je ne veux pas ressembler, ceux à qui je ne veux pas être comparé. J'ai de nouveau des tas de rencards pour des examens les mois à venir. Je les oublie tous, je les mélange, Myriam cherche tous azimuts d'autres possibilités, d'autres espoirs, mais ça ne fait que multiplier les rendez-vous et encombrer ma tronche. Et souvent je n'ai plus envie de rien. Ce mois-ci j'ai encore dû mettre le frein sur le boulot alors qu'il y en avait déjà pas beaucoup, la mort dans l'âme, ce qui laisse du temps pour la gamberge. En scrollant sur le net je suis tombé sur une citation d'un auteur que j'aime mais dont je ne suis plus certain, était-ce Bukowski ? Ça disait en gros qu'au cours d'une lecture il pouvait tomber sur une phrase tellement éclairante qu'elle lui sauvait la vie, ou peut-être simplement la journée, mais c'est déjà beau une journée sauvée.

Je comprends ça. Il y parfois des phrases, des chapitres, qui vous touchent tellement au cœur qu'elles sont un baume immédiat, mieux qu'avec un verre de vodka ou un Lexomil. Plus encore qu'un baume, elles donnent envie de continuer, de ne pas lâcher la rampe, et quand on est athée comme moi, qu'on se réfugie derrière rien d'autre que l'absurdité de l'existence, elles donnent un sens à « tout ça ». Ce « tout ça » c'est le gros paquet qui dit : « Mais pour quoi faire, pour arriver à quoi, dans quel objectif, et dans quel état ? ». Malheureusement je lis peu, et puis je n'arrive plus à me concentrer, les médocs y sont pour quelque chose, paraît-il.

J'ai beaucoup lu Bukowski. Ça m'a toujours beaucoup parlé, son mélange de rudesse, de violence, de grossièreté, de mélancolie que viennent bouleverser des éclairs de poésie sortie de l'égout, des fulgurances de l'existence. Mais ce Bukowski était décidément trop moche pour en faire un *alter ego*. Moche non, on s'en fout qu'il soit moche, c'est le laisser aller, la volontaire déchéance physique et l'alcoolémie encombrante imposée aux autres qui me posait problème. Sinon le concept de clochard céleste, ça j'aime bien…mais en version propre, car tout doit être impeccable autour de moi, impeccablement rangé, harmonieusement agencé. Mon équilibre mental précaire est intimement lié à mon environnement. Et je me dois d'être à la hauteur de cet environnement irréprochable. Comme dans le film « the Truman show », je crois vivre depuis toujours avec plusieurs caméras fixées sur moi en permanence. Des caméras et évidemment un public. Sentiment bizarre, sans doute l'effet de l'exposition médiatique de ma mère qui m'était difficile à vivre quand j'étais enfant. J'en ai gardé cette névrose que tout doit être propre et esthétique autour de moi, léché, comme dans un décor. Mais si le décor est important, mon attitude et mon allure ne peuvent souffrir aucune critique. Je n'aime pas le cinéma-vérité, sauf celui de Claude Sautet ou les hommes sont vraiment des bonhommes et fument beaucoup. Donc dans mon scénario, il m'est déjà difficilement supportable d'intégrer des scènes de laisser aller telles la dégustation de raviolis dans la boîte où l'évacuation des besoins naturels. Je m'exécute de mauvaise grâce à l'un de ces exercices en espérant des plans de coupe du réalisateur.

Mon existence est donc ponctuée d'habitudes immuables que j'ai un jour jugées diffusables au grand public : Mon lever du matin par exemple. Après quelques exercices qui parfaitent ma plastique et une douche – attention cameraman, y a de la buée sur ton objectif –, je m'habille d'une façon protocolaire comme dans une pub pour Levi's. D'abord le caleçon, le jean, le haut (suivant la saison), et les chaussettes en dernier car elles sont vulgaires (mais impeccables). Mais ce mardi 17 mars 2020 le verdict tombe : confinement national. Troublé par la nouvelle à la radio m'informant que l'école me refourgue ma progéniture dans les pattes pendant une durée non déterminée, j'oublie mes préceptes et mon protocole pour les caméras. Me relevant face à ma grande glace en pied je tombe sur moi, cadré en pied et non pas en format américain, ce qui m'aurait évité l'insoutenable vision d'un pauvre type en col roulé, chaussettes et chaussures aux pieds, mais sans froc ni caleçon, c'est-à-dire le zob à l'air. Ma carrière est foutue, mon image à jamais salie. Je ne me suis pas assez méfié de ce virus et en subis violemment les conséquences.

J'aimerais me plaindre, mais je suis seul avec ma mouflette qui roupille encore et qui sera très heureuse d'échapper à l'école, je cherche donc mon téléphone pour joindre n'importe quelle oreille attentive et compatissante. Bien évidemment je saute d'abord dans le caleçon salvateur, car il est hors de question de converser avec quelqu'un avec mon biniou en liberté. J'ai repeint la plupart des meubles de ma chambre en noir, c'est très élégant. Mon téléphone est noir lui aussi, ainsi que la monture de mes lunettes. J'aimerais bien retrouver mon téléphone mais noir sur fond noir j'y arrive pas, du moins sans mes lunettes que je ne peux encore moins retrouver puisque noires et fondues dans un décor trouble sans elles. Donc voilà un pov' type en calbar qui de guerre lasse laisse tomber son séant sur son beau lit très sombre écrasant du même coup belle monture et téléphone. Nous sommes tellement éloignés de l'esprit d'élégance recherché. Lunettes de traviole, écran pété, un désespoir soudain m'envahit.

C'était il y a longtemps déjà, nous sommes revenus en 2024 et mes priorités ont changé, j'ai un peu baissé la garde. Si je ne suis toujours pas devenu un Bukowski négligé, je suis beaucoup moins exigeant quant au choix de mes chaussures d'habitude systématiquement assorties à mes chemises ou à mes pulls. Ma collection de blousons de cuir reste accrochée dans le garage avec mes motos. Mes beaux blousons au cuir épais, mes belles armures, me semblent peser des tonnes et me fatiguent. Je choisis pour sortir les vestes les plus molles, les plus confortables, les pulls les plus amples. D'habitude je m'habille surtout pour moi, pas pour plaire, mais si je me plais tout va bien. Là je m'en fous. Ce qui est important c'est que je puisse me dépoiler rapidement devant les infirmières et les toubibs, remonter facilement mes manches pour leur offrir mes veines même les jours où nous n'avons pas rendez-vous, comme dans un réflexe, résigné. Bien sûr la barbe est toujours taillée, les dents énergiquement brossées, je suis lavé et parfumé de frais, mais un truc n'est plus là, ce petit soupçon de coquetterie qui sauve de tout, ce petit plus des dandys légers. Car léger je l'ai été pendant un an et demi, je veux dire par là que mon esprit était relativement serein. Mais maintenant je m'inquiète un peu, je ressens douloureusement le concept de « longue maladie », le truc qui n'en finit pas, où qui finit par vous finir. J'aime pas, j'aimerais pas que ce soit « ça » qui décide pour moi, qui décide de l'instant, du moment où du lieu. Je regardais sur Instagram des paysages idylliques en rêvassant, « voilà un endroit où j'aimerai bien vivre ». Et puis je suis soudainement passé à des lieux apaisants, « voilà un endroit où je me verrai bien clamser tranquille ». J'y pense souvent, beaucoup trop souvent, parce que je voudrais fuir mes emmerdes et toutes mes responsabilités.

Mon fantasme absolu du moment serait d'être dans un chalet, les fenêtres donnant sur le spectacle d'une tempête de neige, alors que moi je serai vautré sur le lit le plus accueillant qu'on puisse imaginer, enveloppé de coussins colorés et de couvertures mexicaines en grosse en laine épaisse avec de belles bayadères aux couleurs chaudes. L'art mexicain célèbre la mort dans la joie, j'aime bien cette idée. Face à une flambée qui crépite, je regarde l'architecture des bûches qui s'affalent doucement et me réchauffent le cœur et les yeux. Puis j'oblique sur la fenêtre, sur la fin du jour et la tempête. La chambre n'est éclairée que par quelques points de lumières indirects, des petites lampes orangées, quelques bougies et le feu. Il me faut la certitude absurde que Myriam et Lilas iront bien, sinon je ne peux pas partir. Dans mon fantasme, j'ai donc cette certitude, elles ne manqueront de rien, si ce n'est de moi, un temps. Alors je peux jouir de cette paix absolue, rassuré d'avoir tout réglé. Je pourrais écrire les dernières choses qui me paraissent importantes à dire à ceux que j'aime, ça prendra un peu de temps, mais j'écouterai en fond sonore toutes les musiques qui ont bercé ma vie pour m'inspirer.

Quand j'aurai fini, quand j'aurai tout relu et corrigé la moindre ponctuation (c'est important la ponctuation), quand les dernières bûches se pèteront la gueule, je me servirai une grande vodka glacée dans un verre givré et puis j'allumerai une Marlboro, une rouge, avec un briquet Dupont, ceux qui font ce bruit tellement classe et identifiable à l'ouverture et lorsqu'on les referme, un gros *clac*. Là, seulement, je pourrai m'enfiler un cocktail létal comme ils en proposent en Suisse pour passer d'un monde à l'autre. Mais tout seul, peinard. À la minute précise où je l'aurai décidé.

**3 4**

## Dis donc, c'est pas bientôt fini tes conneries ?

— M'man ?
— Oui M'man, M'man, qu'est ce que c'est que ces élucubrations à la con, tu vas te ressaisir un peu hein, c'est pas parce que tu as un coup de trafalgar qu'il faut te laisser aller à enfiler les âneries comme des perles, je ne t'ai pas élevé comme ça, ça manque sérieusement de roubignoles tout ça mon p'tit vieux.
— Ouais ben d'abord j'écris ce que je veux, c'est comme une catharsis tu vois, ça sort et puis après j'y pense moins.
— Une catharsis ? Non mais on rêve ! tu vas arrêter d'y penser tout court surtout, pis tu vas me foutre les états d'âme aux oubliettes. J'espère que personne n'a lu ça hein ?
— Ben non, à part toi qui a le culot de m'espionner jusque sur mon ordinateur ? Et puis même, ça ferait quoi si quelqu'un le lisait ?
— T'as une bonne plume par moment, mais là tu as complètement perdu ton humour, c'est sombre et je déteste la manière dont tu me décris et pire encore dont tu me fais parler, on dirait une poissonnière.
— Ça reflète un peu le ton de nos engueulades, et puis

honnêtement t'as toujours eu la délicatesse d'un char d'assaut.

— Oui alors évidemment si tu ne montres que cet aspect de ma personnalité, oui, je suis une pétroleuse, oui je rue dans les brancards, mais je ne suis pas une mollassonne et quand j'explose je peux être un peu virulente.

— C'est un euphémisme maman. T'as passé plus de temps à ruer dans les brancards comme tu dis qu'à chercher l'harmonie et le dialogue apaisé.

— Catharsis ? Euphémisme ? Mais ma parole, t'as enfin ouvert un bouquin depuis mon départ !

— Tu vois par exemple, les gens autour de nous ont toujours été scotchés, voire choqués que tu me tacles systématiquement en public.

— Mais évidemment pauvre imbécile, si tu ne fais que l'écrire et qu'on ne m'entend pas, qu'on ne me voit pas, on peut se dire « mais quelle horreur cette bonne femme, quel pauvre môme que le sien », alors que si on me voit, on devine toute la tendresse qu'il y a derrière tout ça.

— Tu te trompes, tu imagines que tout le monde te décode, mais tu te trompes.

— De toute manière j'en ai plus rien à foutre, tu peux bien montrer tes trucs à qui tu veux ça me passe au-dessus. Mais merci pour l'hommage, bravo.

— Tu sais j'écris comme ça vient, je gomme toujours des tas de choses à la relecture.

— Gardes-en quand même, nos dialogues sont parfois pas mal dans ta débauche de blabla nombriliste.

— Oui et puis t'aimes bien quand je parle de nous malgré tout.

— Mais y aurait tellement d'autres choses à raconter, on s'est souvent bien marrés non ?

— Ouais, parfois, mais au milieu de situations assez compliquées.

— Mais enfin quoi ? T'as manqué de rien, t'as eu ton quota.
— Le fameux quota, c'est ton truc ça, ben c'est vrai, j'ai eu mon quota, mon quota d'attention, de vigilance, de tendresse, de cadeaux, balancés souvent de façon anarchique, avec les contrecoups de brutalité et de violence, mais t'as raison je ne suis pas à plaindre.
— Certainement pas, moi j'ai eu un père violent qui cognait, un père qui m'a terrifiée, c'est autre chose je peux te dire.
— Je croyais que c'était un type extraordinaire le père Pacôme ?
— C'était un type extraordinaire, mais pas fait pour avoir des enfants, il en a eu pour faire plaisir à ta grand-mère dont il était dingue, mais il était aussi dingue de jalousie, et l'alcool le rendait très violent.
— Avec vous ?
— Avec tout le monde, avec lui-même, avec tous ceux qui n'étaient pas d'accord avec ses convictions politiques.
— Ouais, pas si extraordinaire que ça alors le pépé.
— Tu juges et tu ne sais rien, il faut connaître le parcours de cet homme pour comprendre, même si moi j'ai mis des années à comprendre.
— Vas-y raconte, tu n'as toujours fait que balancer des bribes d'histoires, entre colère et admiration.
— Ton grand-père vient d'une famille Biarrotte, tu sais ce que ça veut dire ?
— Je ne suis pas complètement con, il était de Biarritz quoi. C'est ça, issu d'une fratrie où il n'y avait pas un rond, il a quitté l'école très tôt pour travailler dans les grands hôtels, c'était un petit groom qui s'esquintait la santé du soir au matin pour les millionnaires en villégiature. Et puis il y a eu la guerre, cette saloperie qu'ils ont appelée « la grande », il est parti la faire alors qu'il était à peine sorti de l'adolescence, un môme. Il a fait les batailles les plus monstrueuses, Verdun, le chemin des dames, les guerres de tranchées dans toute leur horreur, et il est revenu bardé de médailles.
— Un héros alors ?

— Pas du tout, il racontait qu'il était un des premiers à monter à l'assaut, certainement pas par héroïsme, mais pour en finir tellement il avait la trouille. Ça tenait plus du suicide que du courage. Et puis il y avait l'alcool pour les motiver, pour anesthésier quelques instants la terreur. Il a combattu, dans la boue, la merde et le sang, il a tué au fusil, à la baillonette, à mains nues, des hommes, des gamins qui avaient son âge. Tu as lu « À l'ouest rien de nouveau »?

— Bien sûr que je l'ai lu, c'est toi qui me l'as refilé.

— Heureusement que je t'ai mis quelques livres dans les mains, parce qu'à part tes magazines de moto…

— Ça va hein, bon j'ai compris que le roman te rappelle ton père, mais après ?

— Hé bien il est revenu, marqué, traumatisé et alcoolique, mais décoré de breloques absurdes dont il n'a jamais tiré aucune fierté. À son retour il est tombé sur un tract du parti communiste français, un tract qui lui expliquait que cette guerre avait été une guerre d'industriels, et que c'étaient les industriels, le grand capital, qui avait envoyé tous ces hommes s'entre-déchirer pour des raisons économiques. Les hommes en fourrure qui faisaient porter leurs lourdes et luxueuses malles au petit groom étaient les mêmes que ceux qui l'avaient envoyé se battre dans les tranchées. Il a lu, il a beaucoup lu, il a compris qu'il n'était plus supportable d'accepter les inégalités sociales, celle des classes qui dit que seule la naissance décide des destins. Il a embrassé l'idée que tous les hommes du monde devaient se comprendre, s'aider, s'accepter avec leurs différences, il a lu des choses très humanistes, lui qui sortait de l'enfer, un enfer dépourvu de sens, il a trouvé son combat, le vrai, et il savait que ce combat se ferait aussi bien à coup de théories, de réunions enflammées, que de manifestations violentes. Ton grand-père était une contradiction à lui tout seul, comme moi, comme tu l'es aussi, c'est comme ça, c'est nous, les Pacôme, lui il prônait la paix universelle en allant aux manifs avec un coup de poing américain dans la poche parce qu'il pensait les flics complices du pouvoir et qu'il ne voulait plus d'une violence à sens unique, il ne voulait plus de cette injustice qui font que certains envoient les autres à la mine puis sur le front.

— C'est à son retour qu'il a épousé mémé ?

— Mémé ? Quelle horreur, c'est pourtant vrai que tu appelais ta grand-mère comme ça. Heureusement que j'ai exigé de ta fille qu'elle m'appelle par mon prénom.

— Donc c'est à son retour qu'il a épousé… Germaine ?

— Ha oui, t'as raison c'est pas mieux. Oui, à son retour, et puis ils nous ont eu très vite, à un an d'intervalle, il nous a éduqués à la dure, mais très bien. Marié, il est devenu chauffeur de maître et travaillait pour les Lévy, des gens très riches et très Bourgeois, mais avec qui il avait des rapports assez égalitaires. Il tenait à ce que nous, mon frère et moi ayons la même éducation que les enfants de ses employeurs. Alors ça été les cours d'éducation physique à six heures du mat' avec lui, l'école où les notes se devaient d'être irréprochables, et les leçons de musique. Du piano pour moi, et j'étais franchement pas douée, je me souviens surtout des coups de baguette du professeur sur mes doigts, j'en chialais en silence, et pour mon frère Robert c'était le violon.

— Sans déconner ? Tu joues du piano ?

— Non imbécile, je viens de te dire que je prenais surtout des coups sur les doigts, tout ce que je peux faire avec un piano c'est le regarder.

— Et ton frère, il était doué au violon ?

— Quand Robert tentait avec application d'apprivoiser son crincrin, je ricanais en douce, mais pas trop fort étant donné le sens de l'humour extraordinairement limité de ton grand-père. On apprenait aussi l'Espéranto, une langue qui se voulait un mélange d'une centaine de dialectes pour devenir un langage international. Que le monde se comprenne et se tienne la main, c'était ça son idéal communiste.

— Un truc qui n'a jamais vraiment existé quoi.

— Pas vraiment non, c'était de l'idéalisme, un idéal

révolutionnaire qui tendrait à rebattre les cartes, il n'avait aucune idée de ce que pouvait être le communisme ailleurs, d'ailleurs quand il l'a su il s'en est éloigné.

— Et Germaine, elle était comment plus jeune?

— Un oiseau, un joli oiseau sans aucun idéal ni conviction. Ravissante, extrêmement coquette, et pas fidèle pour un rond.

— Ha bon ?

— Ben non, je tiens d'elle pour l'infidélité, mais c'est la seule chose qu'on ait en commun.Elle s'occupait de nous, bien mais sans tendresse débordante, elle se laissait surtout gâter par ton grand-père. On était en très bonne santé et on avait surtout des dents parfaites, car nous allions très régulièrement chez le dentiste. Robert et moi avons assez vite compris que notre hygiène buccale était surtout motivée par les nombreux rendez-vous avec le très beau dentiste chez qui maman nous accompagnait.

— Bon il était sévère mais et un peu cocu, c'était pas un monstre non plus ton père.

— C'était pas un monstre, bien sûr que non, mais il n'y avait pas de rire, pas de complicité entre nous, simplement la crainte des mauvaises notes et la peur quand il rentrait pété.

— Il picolait dans les bars ?

— Non pas du tout, c'est seulement quand il rentrait de ses réunions du parti, là ça y allait, et puis quand il soupçonnait maman d'infidélité, alors là, ça pouvait hurler, casser, et puis les beignes pouvaient aussi pleuvoir. Quand il était dans cet état là, je pourrais le comparer à un maçon portugais qui fait son crépi : si jamais t'es dans le coin, t'en prends plein la gueule. Après quand il avait désaoulé, il était malheureux comme les pierres et revenait les bras chargés de cadeaux pour tout le monde, mais ça n'a jamais rien réparé les cadeaux, il n'a jamais compris ça.

— C'est quand même dingue que tu dises ça, c'est quand même ce que tu as fait toute ta vie : revenir avec de beaux cadeaux à chaque fois que tu as dit des saloperies ou que tu as été injuste.

— Oui c'est vrai, je pense même que ça m'a coûté une fortune mes petits écarts.
— Je confirme.
— Ton grand-père était tellement jaloux que lorsque tu es né ta grand-mère qui était folle de joie te prenait dans ses bras en bêtifiant, alors il lui disait : « ça y est, t'es contente avec ton paquet de bidoche ? » Il était jaloux de tout, même d'un bébé.
— Donc pour lui je n'ai été que le paquet de bidoche ?
— Mais non, il était pudique et maladroit. Il est mort trop tôt, trois ans après ta naissance. Pourtant vous vous seriez entendus, tu aurais su l'écouter et il aurait su te parler, sûrement. Tu as la patience que je n'avais pas, et même si tu as un caractère de merde, tu n'as pas ma violence.
— Mais alors ta fameuse violence, particulièrement contre les flics et les curés, ça vient de ça ? De ce que t'a inculqué ton père ?
— Les flics oui, parce qu'il se battait contre eux aux manifestations, que ce sont encore eux qui sont venus l'embarquer une, deux puis trois fois pendant l'occupation, ce con-là continuait à tenir des réunions du parti au mépris de ce qui pouvait lui arriver. La troisième fois il a fait ses bagages, il savait que c'était la « bonne », et il a été déporté comme politique trois ans à Buchenwald.
— Mais c'est pas les flics qui l'ont déporté.
— C'est la police française qui venait le chercher, là même qui a arrêté mon petit frère Robert.
— Il était communiste aussi ton frère ?
— Quand ton grand-père a été déporté, Robert est entré dans la résistance, il a participé à des actions terroristes contre l'occupant, et puis il y en a une qui a mal tourné, il s'est fait tirer dessus et a été blessé lors d'un attentat contre un officier allemand. Et c'est encore la police française qui l'a livré aux autorités allemandes, il a été jugé et condamné à mort, il avait dix-neuf ans.
— Ha bah putain…
— Oui, voilà une conclusion pas très littéraire, mais comme

tu dis, ha bah putain… Donc tu vois la police pour moi ça reste ça, même si je sais que c'est absurde, je reste avec ce chagrin horrible, cette douleur d'avoir perdu mon petit frère qui est resté courageux et digne jusqu'au bout.

— Mais toi, tu vivais comment pendant ce temps-là ?

— Comme une conne, j'avais vingt ans et c'est horrible à dire mais le fait que mon père, ce type qui nous terrorisait à la maison ne soit plus là, je l'ai vécu comme un soulagement, j'étais libre, je pouvais sortir, faire ce que je voulais.

— Tu ne t'impliquais pas comme Robert ?

— Penses-tu, j'étais comme une imbécile éperdue de vie. Et puis ton grand-père nous avait tellement emmerdés avec sa politique, je lui en voulais d'avoir embarqué mon frère là-dedans, je ne me préoccupais pas de ce qu'il faisait avec les résistants, enfin pas trop, je lui demandais juste d'être prudent.

— Et quand ils l'ont arrêté ton frère, t'as fait quoi ?

— J'ai remué ciel et terre, j'ai cru en des connaissances, des types louches, des types du milieu, des pauvres cons qui roulaient des mécaniques mais qui n'avaient aucune influence, aucun pouvoir. Ils m'ont assuré d'obtenir sa grâce, alors je suis allée le voir en prison pour lui dire qu'il était sauvé, j'étais folle et joie, j'avais été égoïste et insouciante pendant que lui avait pris des risques fous, mais j'avais rattrapé le coup, il serait gracié. Il a été fusillé quelques jours après.

— Ha bah putain…

— Tu te répètes, trouves mieux.

— Et comment on se remet de ça ?

— Ben on s'en remet jamais mon p'tit père, qu'est-ce que t'imagines ? Je suis restée toute ma vie vie avec un sentiment de culpabilité insensé et une révolte de dingue.

— Pourquoi tu m'en as jamais parlé avant ? J'aurais peut-être pu comprendre des trucs.

— Mais je t'en ai parlé, je t'ai raconté, et puis ça t'es passé au-dessus la tête parce que c'est comme ça, parce que ce sont des souvenirs qui devaient te sembler moyenâgeux, parce que sans doute que tu étais aussi égoïste et insouciant que moi à vingt ans, sans doute aussi con peut-être.

— Ha ben je me disais bien, y a un moment que j'avais pas pris mon paquet.

— Et puis ça aurait changé quoi que je te raconte les détails ? J'ai perdu mon petit frère et je crois bien que je lui parle tous les jours, voilà.

— N'empêche que j'aurais plus facilement comprendre certaines de tes réactions, avec la police par exemple, tu sais que lorsque j'étais petit et qu'on se faisait arrêter en voiture j'avais toujours les jetons que tu t'engueules avec eux, tu leur aboyais dessus à chaque fois et je me disais que ça allait mal finir.

— Et alors ? Qu'est-ce qui serait arrivé ? J'aurais eu une amende ? On aurait fini au poste ? Tu parles d'une affaire, et puis ça nous aurait fait une histoire à raconter.

— On en a déjà plein, mais celles-là je les connaissais pas, ou pas bien, pourquoi tu m'en parles ?

— Je sais pas, pour te remuer, pour que tu éloignes ton espèce de mélancolie idiote et surtout tes idées de mort prématurée, t'es fou ou quoi ? À ton âge je pétais la forme, ma carrière était au top, j'étais foutue comme une reine, j'avais tout le temps devant moi... t'as quel âge déjà ?

— Je vais avoir cinquante-neuf ans cette année.

— Ha oui quand même.

— Hé ouais.

— Bon ben à cinquante-neuf j'avais vécu plein de choses pas faciles du tout et d'autres merveilleuses, tout allait très bien pour moi, et tu vas me faire le plaisir de faire pareil.

— Tu m'as parlé de ton rapport à l'autorité, avec la police en particulier, mais pas des curetons, pourquoi tu ne les aimes pas ?

— Tiens ? J'ai une oreille attentive d'un coup, moi qui

m'apprêtais à partir… Ben quoi les curés ? J'ai rien contre les curés, c'est ton grand-père qui refusait systématiquement de rentrer dans une église et qui restait délibérément dehors avec son chien. Moi je n'ai rien contre eux, simplement je ne crois en rien ça s'arrête là. Je vais même te dire, j'ai eu une aventure avec un curé, un très beau gars.

— Et allez c'est reparti, je suis certain que tu inventes ça rien que pour m'emmerder, t'aimes bien ça me mettre mal à l'aise.

— Oui, faut dire que j'aime assez, et puis c'est tellement facile.

— Tu reviens me voir bientôt ? Qu'on discute d'autres choses que d'histoires tristes?

— Faut voir, je suis assez occupée, t'as qu'à m'appeler.

— Faut voir, peut-être que j'aurais plus envie.

— Si t'as plus envie c'est que tu vas bien et c'est tant mieux. Salut mon bout d'azur.

— Salut M'man.

## 35

## Quand tu traînes dans le verger, que tu te surprends à rêver

Maria et Joe Strummer. Ça aurait pu être une belle rencontre. Deux idéalistes révolutionnaires. Du soutien aux Sandinistes le temps d'un album pour l'un, aux convictions communistes tendance Pif gadget pour l'autre. Elle n'aurait rien compris à sa musique mais elle lui aurait trouvé une belle gueule, il l'aurait trouvée exaltée et un peu barrée. « The future is unwritten » disait Joe, le futur n'est pas écrit ? Ben j'espère bien qu'il n'est pas écrit, car depuis son départ ça ne s'est pas arrangé, pas certain qu'il aurait le même optimisme aujourd'hui. Maria aurait ajouté : « Et en plus ils ne lisent plus un bouquin ces cons-là ». « Sans les autres nous ne sommes rien » disait Joe, Maria aurait été d'accord, sans public c'est déjà mal barré pour exister, et Maria sans public, c'est Joe sans sa vieille guitare Fender Telecaster.

Ils avaient tous les deux perdu un frère trop jeune, ils avaient tous les deux des fêlures et des rages. Je crois qu'il était très généreux, au moins autant qu'elle. Je sais que ces deux-là pouvaient se montrer cruels et tyranniques, deux chieurs dont les exigences et les partis pris pouvaient être aussi séduisants qu'insupportables. Ils auraient sûrement fumé ensemble, beaucoup de cigarettes, peut-être un pétard, ils se seraient engueulés, ils auraient beaucoup ri. Non. Je ne veux pas me retrouver dans un chalet à regarder la tempête dehors en attendant la mort. Je veux traverser le jardin et aller dans le verger, là où je m'allonge dans l'herbe pour regarder les nuages et discuter avec ceux que j'aime, surtout ceux qui ne sont plus là.

— Ça va bonhomme ?
— Ça va M'man.
— Tu nous apportes une bouteille de champ' ?
— Je pense que Joe préfère une bière.
— Je l'aime bien ton copain.
— Je sais.
— Il ne serait pas un peu mort lui aussi ?
— Y a un moment oui. Mais ça change quoi ?
— Rien. Tu trinques avec nous ?
— Plus tard, y a la vie qui m'attend.

**FIN**